故译新编

许钧 谢天振 主编

戴望舒译作选

戴望舒 译
宋炳辉 编

商务印书馆

主编的话

2019年，是五四运动一百周年。最近一段时间，我们一直在思考与翻译有关的一些问题：在五四运动前后，为什么翻译活动那么活跃？为什么那么多学者、文人重视翻译、从事翻译？为什么围绕翻译，有那么多的争论或者讨论？

五四运动涉及面广，与白话文运动、新文学运动乃至新文化运动之间有着深刻的互动性和内在一致性。考察翻译活动对于五四运动的直接与间接的影响，首先引起我们关注的，是一个"新"字。新文学运动与新文化运动自不必说，"新"是其追求与灵魂。而白话文运动，虽然没有一个明确的"新"字，但相对于文言文，白话文蕴涵的就是一种"新"的生命——语言与文字的崭新统一，为新文体、新表达、新思维的产生拓展了新的可能性。

"新"首先意味着与"旧"的决裂，在这个意义上，五四运动所孕育的启蒙与革命精神体现在语言、文学、文化等各个层面。追求新，有多重途径。推陈出新，是其一，著名的文艺复兴运动具有这样的特征，拿鲁迅的话说，"在意大利文艺复兴的意义，是把古时好的东西复活，将现存坏的东西压倒"。但是，五四运动不能走这条路，鲁迅最反对的就是把旧时代的"孔子礼教"拉出来。此路不通，便只有开辟另一条道路，那就是在与孔孟之道决裂，与旧思想、旧道德决裂的同时，向域外寻求新的东西，寻求新的思想、新的道德。这样一来，翻译便成了必经之路。

如果聚焦五四运动前后的翻译，我们可以发现以下事实：一是翻译受到了前所未有的重视；二是众多学者做起了翻译工作；三是刊物登载的很多是翻译作品；四是西方的各种重要思潮通过翻译涌入了中国。就文学而言，梁启超的"欲新一国之民，不可不先新一国之小说"之思想受到了普遍认同。而要"新"中国之小说，翻译则为先导，其影响深刻而广泛。首先，借助翻译之道，中国的文人与学者有了观念的革新；其次，在不同的文学体裁的内在结构与形式方面，翻译为投身新文学运动的作家提供了可资借鉴的新路径；最后，翻译在为新文学运动注入了具有差异性的外国文学因子的同时，也给新文学运动的积极参与者开拓了进一步认识中国文学传统、反思自身，在借鉴与批判中确立自身的可能性。

一谈到五四运动前后的翻译，我们会想到梁启超、鲁迅、陈望道，还会想到戴望舒、徐志摩、郭沫若……这一个个名字，一想到他们，我们就会感觉到中外文学与文化交流史仿佛拥有了生命，是鲜活的，是涌动的。五四运动前后的这些翻译家就像是一个个重要的精神坐标，闪烁着启蒙之光，引发我们对中华文明的发展与中华民族的伟大复兴作深层次的思考。

创立于维新变法之际的商务印书馆，素有翻译之传统，是译介域外新思潮、新观念、新思想的先行者，一直起着引领的作用。在纪念五四运动一百周年之际，商务印书馆决定有选择地推出五四运动前后翻译家独具个性的"故译"，在新的时期赋予其新的生命、新的价值，于是便有了这套"故译新编"。

"故译新编"，注重翻译的开放与创造精神，收录开风气之先、勇于创造的翻译家之作。

"故译新编"，注重翻译的个性与生命，收录对文学有着独特的理解与阐释、赋予原作以新生命的翻译家之作。

"故译新编"，注重翻译的思想性，收录"敞开自身"，开辟思想解放之路的翻译家之作。

阅读参与创造，翻译成就经典，我们热切地希望，通过读者朋友具有创造性的阅读，先辈翻译家的"故译"，能在新的时期拥有新的生命，绽放新的生命之花。

许 钧 谢天振
2019 年 3 月 18 日

编辑说明

1. 本丛书所收篇目多为 20 世纪上半叶刊布,其语言习惯有较明显的时代印痕,且译者自有其文字风格,故不按现行用法、写法及表现手法改动原文。

2. 原书专名(人名、地名、术语等)及译名与今不统一者,亦不作改动;若同一专名在同书、同文内译法不一,则加以统一。如确系笔误、排印舛误、外文拼写错误等,则予径改。

3. 数字、标点符号的用法,在不损害原义的情况下,从现行规范校订。

4. 原书因年代久远而字迹模糊或残缺者,据所缺字数以"□"表示。

5. 编校过程中对前人整理成果多有借鉴,谨表谢意。

目录

前言 / 001

法国

雨果 / 012

  良心 / 012

魏尔伦 / 016

  瓦上长天 / 016

  A Poor Young Shepherd / 018

  泪珠飘落萦心曲 / 020

韩波 / 021

  散文六章 / 021

果尔蒙 / 025

西茉纳集 / 025

  发 / 025

  山楂 / 028

  冬青 / 030

  雾 / 032

  雪 / 034

  死叶 / 035

河/ 037

　　果树园/ 040

　　园/ 042

　　磨坊/ 044

　　教堂/ 047

梵乐希/ 050

　　文学（一）/ 050

　　文学（二）/ 057

　　艺文语录/ 063

　　文学的迷信/ 067

　　消失的酒/ 069

保尔·福尔/ 070

　　回旋舞/ 070

　　我有几朵小青花/ 071

　　晓歌/ 072

　　晚歌/ 074

　　夏夜之梦/ 075

　　幸福/ 076

耶麦/ 078

　　屋子会充满了蔷薇/ 078

我爱那如此温柔的驴子/ 080

膳厅/ 084

少女/ 086

树脂流着/ 088

天要下雪了/ 090

为带驴子上天堂而祈祷/ 092

比也尔·核佛尔第/ 095

心灵出去/ 095

假门或肖像/ 096

白与黑/ 097

同样的数目/ 098

夜深/ 100

许拜维艾尔/ 102

肖像/ 102

生活/ 106

心脏/ 107

一头灰色的中国牛/ 111

新生的女孩/ 112

时间的群马/ 116

房中的晨曦/ 117

等那夜／119

阿保里奈尔／121

　　莱茵河秋日谣／121

爱吕亚／125

　　公告／125

　　受了饥馑的训练／126

　　戒严／127

　　一只狼／128

　　勇气／129

　　自由／131

　　蠢而恶／137

　　战时情诗七章／140

波特莱尔／149

恶之华掇英／149

　　信天翁／149

　　高举／151

　　应和／153

　　人和海／154

　　美／155

　　异国的芬芳／156

赠你这几行诗 / 157

黄昏的和谐 / 158

邀旅 / 159

秋歌 / 162

枭鸟 / 164

音乐 / 165

快乐的死者 / 166

裂钟 / 167

烦闷（一） / 168

烦闷（二） / 170

风景 / 172

盲人们 / 174

我没有忘记 / 175

那赤心的女仆 / 176

亚伯和该隐 / 178

穷人们的死亡 / 181

入定 / 182

声音 / 183

西班牙

沙里纳思/ 190

    无题/ 190

    海岸/ 191

    Far West/ 192

    物质之赐/ 194

    夜之光/ 196

    更远的讯问/ 198

狄戈/ 203

    西罗斯的柏树/ 203

    不在此地的女人/ 204

    反映/ 205

    杜爱罗河谣/ 206

    不眠/ 208

    秋千/ 209

    胡加河谣曲/ 210

阿尔倍谛/ 216

    什么人/ 216

数字天使 / 218

　　邀赴青空 / 220

阿尔陀拉季雷 / 223

　　一双双的小船 / 223

　　我的梦没有地方 / 225

　　微风 / 226

　　裸体 / 227

　　在镜子里 / 229

迦费亚思 / 233

　　马德里 / 233

费特列戈·迦尔西亚·洛尔伽 / 237

洛尔伽诗钞 / 237

　　海水谣 / 237

　　小广场谣 / 239

　　木马栏 / 243

　　猎人 / 245

　　塞维拉小曲 / 246

　　海螺 / 248

　　风景 / 249

骑士歌 / 250

树呀树 / 251

冶游郎 / 253

小夜曲 / 254

哑孩子 / 256

婚约 / 257

最初的愿望小曲 / 258

水呀你到哪儿去？/ 260

两个水手在岸上 / 261

三河小谣 / 263

村庄 / 266

吉他琴 / 267

梦游人谣 / 269

不贞之妇 / 274

安东尼妥·艾尔·冈波里奥在塞维拉街上被捕 / 278

安东尼妥·艾尔·冈波里奥之死 / 281

西班牙宪警谣 / 285

圣女欧拉丽亚的殉道 / 292

伊涅修·桑契斯·梅希亚思挽歌 / 297

安达路西亚水手的夜曲/ 311

短歌/ 314

蔷薇小曲/ 316

恋爱的风/ 317

小小的死亡之歌/ 318

呜咽/ 320

英国

勃莱克/ 322

 野花歌/ 322

 梦乡/ 323

道生/ 325

 In Tempore Senectutis/ 325

 烦怨/ 327

 残滓/ 328

比利时

魏尔哈仑/ 330

 风车/ 330

 穷人们/ 332

瑞士

奥立佛/ 336

　　在林中/ 336

俄罗斯

普式金/ 340

 夜/ 340

 夜莺/ 341

苏联

叶赛宁 / 344
    母牛 / 344
    启程 / 346
    我离开了家园 / 348
    安息祈祷 / 349
    最后的弥撒 / 354
    如果你饥饿 / 356

前言

撑着油纸伞，独自
彷徨在悠长，悠长
又寂寥的雨巷，
我希望逢着
一个丁香一样地
结着愁怨的姑娘……

这首题为《雨巷》的诗，曾被叶圣陶称为"替新诗的音节开了一个新的纪元"，它清丽、幽深而又略带哀怨，有着谜一样的持久魅力。作者戴望舒也因此一举获得"雨巷诗人"的雅号。

戴望舒（1905—1950），原名戴朝寀，又名戴梦鸥，浙江杭州人，中国著名现代派诗人。他一生共创作了92首诗歌，分别收集在《我底记忆》（1929）、《望舒草》（1933）、《望舒诗稿》（1937）和《灾难的岁月》（1948）等四部诗集里。其中流传最广的，除成名作《雨巷》（1927）外，就要数《我用残损的手掌》（1942）了。戴望舒的创作实践与理论主张都对新诗发展做出了重大贡献。在中国现代新诗发展的第一个十年里，戴望舒在现代主义和后期新月派浪漫主义诗歌所取得的成就之外，另辟一个现代派象征主义的天地，并在中国古典诗歌与西欧现代主义之间进行了成功的嫁接与融合，为汉语新诗的成长做出了杰出的贡献，也透过感觉、想象和朦胧的情愫，呈现了中国一代知识分子的心灵轨迹。作家施蛰存称其为徐志摩之后中国诗坛的"大诗人"。

不过，戴望舒更是一位翻译家，尤其在诗歌翻译上成就卓著。他是我国翻译介绍西欧现代诗人的先行者，他通过法语和西班牙语，把法国象征派诗人及西班牙的著名诗人介绍到中国，影响了当时中国文坛的创作之风。

戴望舒学习法语的机缘，是1925年秋至1926年夏在上海的震旦大学法文特别班，与施蛰存、杜衡、刘呐鸥等一起，跟随樊国栋神父（Pèren Tostan）修读法文，也在这个时候，他开始接触到像魏尔伦（Pawl Verlaine）这样的象征派诗人的作品。之后与施蛰存等一起，相继创办《璎珞》《文学工场》《现代》等文学杂志。1932年戴望舒赴法留学，先后入读巴黎大学和里昂中法大学。留学期间他并不喜欢听课，时间和精力都花在翻译和旅行上，为去西班牙旅行而学习了西班牙文。1935年回国后，又与卞之琳、孙大雨、梁宗岱、冯至等诗人一起创办《新诗》月刊，成为20世纪30年代上海现代主义诗坛的祭酒。

作为翻译家，戴望舒一生译笔不辍。从17岁翻译第一部作品《贪人之梦》(*Olive Golasmieh*)开始，到后来对法国诗人魏尔伦（Paul Verlaine）、果而蒙（Remy de Gourmont）、波特莱尔（Charles Pierre Baudelaire）、保尔·福尔（Paul Fort）、耶麦（Francis Jammes）等法国象征派诗人，以及法国超现实主义诗人艾吕雅（Paul éluard，戴译爱吕亚）、阿保里奈尔（Guillaume Apollinaire），西班牙超现实主义诗人洛尔迦（Federico Garcia Lorca，戴译洛尔伽）的诗作和西班牙抗战谣曲[1]等的翻译，使其成为中国现代最重要的诗歌翻译家之一。同时，他还翻译了大量法国与西班牙散文和小说。另外值得一提的是，戴望舒对法国童话和罗马古典诗歌的翻译。因受童年阅读的影响，戴望舒翻译了法国作家沙尔·贝尔洛（Clarles Perrault）的《鹅妈妈的故事》（开明书店1928）和《美人和野兽》（开明书店1933）、陀尔诺的《青色鸟》（开明书店1933）等法国童话作品，他以散文体翻译的古罗马诗人奥维德（Ovid）的《爱经》也一版再版。

通过法语和西班牙语翻译，戴望舒向中国读者介绍了法国和西班牙文学发展的情况。又经由法语和西班牙语，译介了德国、俄苏、意大利、英国、比利时、匈牙利等其他西方文学作品，拓宽了人们的外国文学视野，有力推动了中国新诗的发展。他的许多译作也都成为汉语译林经典，至今仍然受到读者的青睐。

戴望舒的翻译思想主要体现在诗歌方面。他在《恶之华掇英》"译后记"中，自述对波特莱尔诗歌的翻译意在："第一，这是一种试验，来看看波特莱尔的坚固的质地和精巧纯粹的形式，在转变成中文的时候，可以保存到怎样的程度。第二点是系附的，那就是顺便让我国的读者们能够多看到一点他们听说了长久而见到得到很少的，这位特殊的近代诗人的作品。"[2]

著名翻译家王佐良对戴望舒的译诗有很高的评价。王佐良自己也是一身兼任诗人与翻译家（当然也是一位学者），他盛赞戴译波特莱尔的《恶之华》，说在戴望舒之前，曾经有人译过《恶之华》，但戴望舒不满意，要自己动手译；在戴望舒之后，又有一些人来译《恶之华》，这次是"我们不满意了，因为一直到现在，还没有人达到戴望舒当年的水平"[3]。

显然，戴望舒是企图把法国象征派诗歌移植到中文里来，以更新汉语，增强汉语的表现力。但是，透过语言的屏障看诗歌，从来就有"Poetry is what gets lost in translation"（诗乃翻译所丢失之物）的说法。因为诗歌是文学中与语言的音、符、义，即音韵、文字和意指三个方面关联度最密切的文体。诗歌翻译需要跨越不同语言体系及其背后的文化系统，若要完全兼顾诗歌的"质地"与"形式"，往往只能是一种理想状态，有时不得不需要在两者间做出选择，要么偏重于一面，要么都有所放弃。

这种无法兼顾的尴尬或困境，与其说是译者主动的策略选择，不如说常常是被迫无奈。对此戴望舒深有体会，他曾说，"两国文字组织的不同和思想方式的歧异，往往使同时显示质地并再现形式的企图变成极端困难"[4]。

但这也正是译者展现他对两种语言及其相应的诗歌艺术的领悟与才华的舞台。这种领悟与才能，渗透到诗歌翻译的每一个细部环节，当然包括对特定诗歌语言特质的准确把握和传达。

王佐良发现，戴望舒所译《恶之华》，语言"并不是一味顺溜、平滑的，而是常有一点苦涩味，一点曲折和复杂，而这又是波特莱尔的精神品质的特点"[5]。

他所翻译的道生诗歌同样体现了其对原语文本的悉心领悟和译语表述的精妙恰当。所以时隔66年，王佐良的《英国诗史》仍然愿意引用戴译道生的《渣滓》一诗，认为戴的译文恰当地表达了"世纪末的情调"。

戴译洛尔伽诗歌同样在几十年后仍被视为汉译诗歌精

品。诗人北岛称戴译至今"依然光彩鲜艳，使中文的洛尔迦得以昂首阔步"，尽管"戴本人的诗对我们这代人影响甚小，倒是通过他的翻译，使传统以曲折的方式得以衔接"。[6]

诗人王家新还特别钦佩戴译诗歌的音乐性，认为，"汉语在戴望舒翻译洛尔迦的诗时几乎被重新发明了一次！这样讲，是因为借助于洛尔迦诗歌的翻译，汉语作为一种诗歌语言的质地、魅力和音乐性才有可能出乎意料地敞开自身"[7]。的确，戴译诗歌不仅语言优美，很好地再现原作的"质地"和形式，对韵律的转换也能臻于传神之境。他所译法国象征派诗人魏尔伦的短诗《瓦上长天》，就节奏起伏，抑扬顿挫，极为巧妙地传达了原作的音乐性。

这就是戴望舒厉害的地方。

所以他才敢叫板"诗不能译"的定说，认为只有坏诗才会在翻译中失去一切，而好诗"在任何语言的翻译中都永远保持着它的价值，而这价值，不但是地域，就是时间也不能损坏的"[8]。

只有诗人兼翻译家，且是好诗人兼好翻译家才可以说到并做到。而"诗人兼翻译家，这就是卞之琳、戴望舒、冯至以及后来的穆旦为中国新诗所确立的一种'现代传统'"[9]。

而戴望舒写诗与译诗之间的互动，就是整个中国新诗的创造与借鉴的一个缩影。他的译诗,在数量上远远超出了他的创作诗歌。他在 20 世纪 30 年代的翻译,先后对法国象征派诗人、西班牙和法国的超现实主义作品的选择,也体现在他创作诗风的变化中。

王佐良说,对于戴望舒,"译诗是写诗的一种延长和再证实。他把多年写诗的心得纳进他的译诗,从而取得了非凡的结果"[10],这是站在写诗的角度看译诗。我们当然也可以反过来,站在译诗角度看,他的写诗何尝不是译诗的延长和证实呢?

戴望舒在中国新诗史上的地位,不仅在于开创了新诗风,也在于通过译诗,为汉语诗歌的发展提供了崭新的语言质地和迥异的想象空间。

所以,叶圣陶当年评价戴望舒诗作的那句"替新诗开了一个新纪元",所指又何止于戴望舒的创作呢?他的译诗,也替中国新诗开了一个新纪元。

宋炳辉
2019 年元月 14 日于望园阁

注释:
1 限于篇幅,本书未选入戴望舒翻译的《保卫马德里·保卫加达鲁涅》(阿尔倍谛)等8首谣曲。

2 戴望舒：《恶之华掇英》"译后记"，见本书第184页。

3 王佐良：《在译诗与写诗之间——读〈戴望舒译诗集〉随想录》，《外国文学》1985年第3期。

4 戴望舒：《恶之华掇英》"译后记"，见本书第184页。

5 王佐良：《在译诗与写诗之间——读〈戴望舒译诗集〉随想录》，《外国文学》1985年第3期。

6 北岛：《时间的玫瑰》，中国文史出版社，2005年，第4页。

7 王家新：《为凤凰找寻栖所》，北京大学出版社，2008年，第96页。

8 戴望舒：《诗论零札（二）》，载《华侨日报·文艺周刊》（第2期）1944年2月6日。

9 王家新：《为凤凰找寻栖所》，北京大学出版社，2008年，第97页。

10 王佐良：《在译诗与写诗之间——读〈戴望舒译诗集〉随想录》，《外国文学》1985年第3期。

法国

雨果

良心

携带着他的披着兽皮的儿孙,
苍颜乱发在狂风暴雨里奔行,
该隐从上帝耶和华前面奔逃,
当黑夜来时,这哀愁的人来到
山麓边,在那一片浩漫的平芜
他疲乏的妻和喘息的儿孙说:
"我们现在且躺在地上去入梦。"
唯有该隐不睡,在山边想重重。
猛然间抬头,在凄戚的长天底,
他看见只眼睛,张大在幽暗里,
这眼睛在黑暗中深深地看他。
"太近了,"他震颤着说了这句话。
推醒入睡的儿孙,疲倦的女人,
他又凄切地重在大地上奔行。
他走了三十夜,他走了三十天,
他奔走着,战栗着,苍白又无言,

偷偷摸摸，没有回顾，没有留停，
没有休息，又没有睡眠；他行近
那从亚述始有的国土的海滨，
"停下吧，"他说，"这个地方可安身，
留在此地。我们到了大地尽头。"
但他一坐下，就在凄戚的天陬，
看见眼睛在原处，在天涯深处。
他就跳了起来，他惊战个不住，
"藏过我！"他喊着，于是他的儿孙
掩住唇，看那愁苦的祖先颤震。
该隐吩咐雅八——那在毡幕下面，
广漠间，生活着的人们的祖先，
说道："把那天幕在这一面舒张。"
他就张开了这片飘摇的围墙，
当他用沉重的铅垂把它压住，
"你不看见了吗？"棕发的洗拉说，
（他的子孙的媳妇，柔美若黎明。）
该隐回答说："我还看见这眼睛！"
犹八——那个飘游巡逡在村落间
吹号角敲大鼓的人们的祖先，

高声喊道:"让我来造一重栅栏。"
他造了铜墙,将该隐放在后边。
该隐说:"这个眼睛老是看着我!"
海诺克说:"造个环堡,坚固嵯峨,
使得随便什么人都不敢近来,
让我们来造一座高城和坚寨;
让我们造一座高城,将它紧掩。"
于是土八该隐,铁匠们的祖先
就筑了一座崔巍非凡的城池,
他的弟兄,在平原,当他工作时,
驱逐那约挪士和赛特的儿孙;
他们又去挖了过路人的眼睛;
而晚间,他们飞箭射明星灿烂,
岩石代替了天幕飘动的城垣。
他们用铁锁链把大石块连并,
于是这座城便像是座地狱城;
城楼影子造成了四乡的夜幕,
他们将城垣造得有山的厚度,
城门上铭刻着:禁止上帝进来。
当他们终于建筑完了这城砦,

将该隐在中央石护楼中供奉。
他便在里面愁苦。"啊,我的公公!
看不见眼睛吗?"洗拉战栗着说,
该隐却回答道:"不,它老是在看。"
于是他又说:"我愿意住在地底,
像一个孤独的人住在他墓里,
没有东西见我,我也不见东西。"
他们掘了个坑,该隐说:"合我意!"
然后独自走到这幽暗的土茔,
当他在幽暗里刚在椅上坐稳,
他们在他头上铺上泥土层层,
眼睛已进了坟墓,注视着该隐。

魏尔伦

瓦上长天

瓦上长天
　　柔复青!
瓦上高树
　　摇娉婷。

天上鸣铃
　　幽复清。
树间小鸟
　　啼怨声。

帝啊,上界生涯
　　温复淳。
低城飘下
　　太平音。

——你来何事

泪飘零，
如何消尽
　　好青春？

译自《智慧》(Sagesse)
据《现代文学》1930年11月第1卷第5期

A Poor Young Shepherd

我怕那亲嘴
像怕那蜜蜂。
我戒备又忍痛
没有安睡：
我怕那亲嘴！

可是我却爱凯特
和她一双妙眼。
她生得轻捷，
有洁白的长脸。
哦！我多么爱凯特！

今朝是"圣华兰丁"
我应得向她在早晨，
可是我不敢
说那可怕的事情，
除了这"圣华兰丁"。

她已经允许我，

多么地幸运!
可是应该这么做
才算得个情人
在一个允许后!

我怕那亲嘴
像怕那蜜蜂。
我戒备又忍痛
没有安睡:
我怕那亲嘴!

译自《无言之曲》(*Romances Sans Paroles*)
据《现代文学》1930年11月第1卷第5期

泪珠飘落萦心曲
泪珠飘落萦心曲，
迷茫如雨蒙华屋；
何事又离愁，
凝思悠复悠。

霏霏窗外雨；
滴滴淋街宇；
似为我忧心，
低吟凄楚声。

泪珠飘落知何以？
忧思宛转凝胸际：
嫌厌未曾栽，
心烦无故来。

沉沉多怨虑，
不识愁何处；
无爱亦无憎，
微心争不宁？

韩波

散文六章

神秘

在坡坂上，天使们在钢铁和翠玉的草丛中旋转他们的羊毛衫子。

火焰的草场一直奔跃到圆丘的峰头。在左面，山脊的土壤是被一切杀人犯和一切斗争所蹂躏过，一切不祥的音响在那里纺着它们的曲线。在右面的山脊后，是东方的，进步的线。

而在画面的上方，集团是由海螺和人类的夜的旋转而奔腾的音籁所成的。

群星，天宇和其他的开了花的温柔，像一只篮子似的，贴近我们的脸儿，在坡前降了下来，而在下方造成了开着花的青色深渊。

车辙

在右面，夏天的黎明唤醒了公园这一隅的树叶，雾霭和音响，而左面的斜坡，在它的紫色的荫里，拥着潮湿的路的一千条深车辙。仙境的行列。的确：满载着装金的木造动物、樯桅和五彩帐幕的大车，二十四马，戏班中的斑纹马载驰载奔着，骑在最惊人的牲畜上的孩子和大人；——二十乘车辆像往昔或童话中的四轮马车一样地攀着绳索，张着旗帜，饰着花，满载着盛装赴郊外的社戏去的孩子们——甚至还有那些竖起乌黑羽饰，在青色和黑色的大牝马的蹄声得得之中驰过去的，罩在夜的花盖下面的棺椁。

花

从一个黄金的阶坡上——在绸的绶带，灰色的轻绡，绿色的天鹅绒和那条太阳下的青铜一样地暗黑下去的水晶盘之间——我看见毛地黄在一片银嵌细工、眼睛和头发的地毯上开出花来。

撒在玛瑙上的黄色的金线，支着一个翠玉的圆屋顶的桃花心木的柱子，白缎的花束和红玉的细枝，团团地围绕着水莲。

正如一位生着大眼睛和雪的形体的神祇一样，海和天把少年力壮的蔷薇之群招引到云石的坛上来。

致——理性

你的手指在鼓上一击，就散放出一切的音而开始了新的和谐。

你的一步，那就是新人的征召和他们的启行。

你的头转过去：新的爱情！你的头转过来：新的爱情！

"改变我们的命份，清除我们的灾祸，从时间开始。"那些孩子对你唱着。"不论在什么地方，提高我们的命运和我们的意愿的品质。"人们请求着你。

你永远到来，你将到处都离去乎。

黎明

我拥抱过夏天的黎明。

在宫邸的前面，什么也还没有动。水是死寂的，阴影的营寨并未从树林的路开拔。我蹀躞而行，唤醒鲜活而温暖的呼吸；宝石凝视，翎羽无声地举起。

在已经充满了新鲜而苍白的小径中，第一个企图是一枝花向我说出它自己的名字。

我向那片松林披散头发的瀑布笑。在银色的树梢，我认出了女神。

于是我把那些遮纱一重重地揭开。在小径中，挥动着臂膊，在那我把她报知与雄鸡的平原上。在大城市中，她在钟塔和圆屋顶之间奔逃；像一个在云石堤岸上奔跑着的乞丐似的，我追赶着她。

在路的上方，在一座月桂树林边，我把她和她的重重叠叠的遮纱一起抱住了，于是我稍稍感到一点她的巨大的躯体。黎明和孩子在树林边倒身下去。

醒来时，是正午了。

战争

孩子的时候，某一天宇炼净了我的眼界，一切的性格使我的容颜有了色泽。各现象都受感动。——现在呢，时间的永恒的角逐和数学的无穷在这世界上猎逐着我；在那里，我忍受着一切市民的成功，受着奇异的童年和巨大的情爱的敬重。——我想到一个战争，由于权利或由于不得已，由于十分意外的逻辑。

这是像一句乐句一样地简单。

果尔蒙

西茉纳集

玄迷·特·果尔蒙（Remy de Gourmout，1858—1915）是法国后期象征主义诗坛的领袖，他底诗有着绝端的微妙——心灵底微妙与感觉底微妙。他底诗情完全是呈给读者底神经，给微细到纤毫的感觉的。即使是无韵诗，但是读者会觉得每一篇中都有着很个性的音乐。

《西茉纳》是他底一个小集，虽然小，但是他底著名诗作。从前周作人曾以"西蒙尼"的题名译出数首，编在《陀螺》里。现在我不揣谫陋，把全部译过来，介绍给读者。

一九三二年七月二十日　译者记

发

西茉纳，有个大神秘
在你头发的林里。

你吐着干荔的香味，你吐着野兽
睡过的石头的香味；

你吐着熟皮的香味，你吐着刚簸过的
小麦的香味；
你吐着木材的香味，你吐着早晨送来的
面包的香味；
你吐着沿荒垣
开着的花的香味；
你吐着黑莓的香味，你吐着被雨洗过的
长春藤的香味；
你吐着黄昏间割下的
灯心草和薇蕨的香味；
你吐着冬青的香味，你吐着藓苔的香味，
你吐着在篱阴结了种子的
衰黄的野草的香味；
你吐着荨麻如金雀花的香味，
你吐着苜蓿的香味，你吐着牛乳的香味；
你吐着茴香的香味；
你吐着胡桃的香味，你吐着熟透而采下的
果子的香味；
你吐着花繁叶满时的
柳树和菩提树的香味；

你吐着蜜的香味，你吐着徘徊在牧场中的
生命的香味；
你吐着泥土与河的香味；
你吐着爱的香味，你吐着火的香味。

西茉纳，有个大神秘
在你头发的林里。

山楂

西茉纳,你的温柔的手有了伤痕,
你哭着,我却要笑这奇遇。

山楂防御它的心和它的肩,
它已将它的皮肤许给了最美好的亲吻。

它已披着它的梦和祈祷的大幕,
因为它和整个大地默契;

它和早晨的太阳默契,
那时惊醒的群蜂正梦着苜蓿和百里香,

和青色的鸟,蜜蜂和飞蝇,
和周身披着天鹅绒的大土蜂,

和甲虫,细腰蜂,金栗色的黄蜂,
和蜻蜓,和蝴蝶,

以及一切有翅的,和在空中

像三色堇一样地舞着又徘徊着的花粉；

它和正午的太阳默契，
和云，和风，和雨，

以及一切过去的，和红如蔷薇，
洁如明镜的薄暮的太阳，

和含笑的月儿以及和露珠，
和天鹅，和织女，和银河；

它有如此皎白的前额而它的灵魂是如此纯洁，
使它在全个自然中钟爱它自身。

冬青

西茉纳,太阳含笑在冬青树叶上;
四月已回来和我们游戏了。

他将些花篮背在肩上,
他将花枝送给荆棘,栗树,杨柳;

他将它们一朵一朵地撒在草上,
在溪流,沼泽,沟渠的岸上。

他将长生草留给水,又将石楠花
留给树木,在枝干伸长着的地方;

他将紫罗兰投在幽荫中,在黑莓下,
在那里,他的裸足大胆地将它们藏好又踏下;

他将雏菊和有一个小铃项圈的
樱草花送给了一切的草场;

他让铃兰和白头翁一齐坠在

树林中，沿着幽凉的小径；

他将鸢尾草种在屋顶上
和我们的花园中，西茉纳，那里有好太阳，

他散布鸽子花和三色堇，
风信子和那丁香的好香味。

雾

西茉纳，穿上你的大氅和你黑色的大木靴，
我们将像乘船似的穿过雾中去。

我们将到美的岛上去，那里的妇人们
是像树木一样地美，像灵魂一样地赤裸；
我们将到那些岛上去，那里的男子们
像狮子一样的柔和，披着长而褐色的头发。
来啊，那没有创造的世界从我们的梦中等着
它的法律，它的欢乐，那些使树开花的神
和使树叶炫烨而幽响的风。
来啊，无邪的世界将从棺中出来了。

西茉纳，穿上你的大氅和你黑色的大木靴，
我们将像乘船似的穿过雾中去。

我们将到那些岛上去，那里有高山，
从山头可以看见原野的平寂的幅员，
和在原野上啮草的幸福的牲口，
像杨柳树一样的牧人，和用禾叉
堆在大车上面的稻束：

阳光还照着，绵羊歇在
牲口房边，在园子的门前，
这园子吐着地榆，茴苣和百里香的香味。

西茉纳，穿上你的大氅和你黑色的大木靴，
我们将像乘船似的穿过雾中去。

我们将到那些岛上去，那里灰色和青色的松树
在西风飘过它们的发间的时候歌唱着。
我们卧在它们的香荫下，将听见
那受着愿望的痛苦而等着
肉体复活之时的幽灵的烦怨声。
来啊，无限在昏迷而欢笑，世界正沉醉着：
梦沉沉地在松下，我们许会听得
爱情的话，神明的话，辽远的话。

西茉纳，穿上你的大氅和你黑色的大木靴，
我们将像乘船似的穿过雾中去。

雪

西茉纳,雪和你的颈一样白,
西茉纳,雪和你的膝一样白。

西茉纳,你的手和雪一样冷,
西茉纳,你的心和雪一样冷。

雪只受火的一吻而消融,
你的心只受永别的一吻而消融。

雪含愁在松树的枝上,
你的前额含愁在你栗色的发下。

西茉纳,你的妹妹雪睡在庭中。
西茉纳,你是我的雪和我的爱。

死叶

西茉纳,到林中去吧:树叶已飘落了;
它们铺着苍苔,石头和小径。

西茉纳,你爱死叶上的步履声吗?

它们有如此柔美的颜色,如此沉着的调子,
它们在地上是如此脆弱的残片!

西茉纳,你爱死叶上的步履声吗?

它们在黄昏时有如此哀伤的神色,
当风来飘转它们时,它们如此婉转地哀鸣!

西茉纳,你爱死叶上的步履声吗?

当脚步蹂躏着它们时,它们像灵魂一样地啼哭,
它们做出振翼声和妇人衣裳的窣䋐声。

西茉纳,你爱死叶上的步履声吗?

来啊:我们一朝将成为可怜的死叶。
来啊:夜已降下,而风已将我们带去了。

西茉纳,你爱死叶上的步履声吗?

河

西茉纳,河唱着一支淳朴的曲子,
来啊,我们将走到灯心草和蓬骨间去;
是正午了:人们抛下了他们的犁,
而我,我将在明耀的水中看见你的跣足。

河是鱼和花的母亲,
是树,鸟,香,色的母亲;

她给吃了谷又将飞到
一个辽远的地方去的鸟儿喝水;

她给那绿腹的青蝇喝水,
她给像船奴似地划着的水蜘蛛喝水。

河是鱼的母亲:她给它们
小虫,草,空气和臭氧气;

她给它们爱情:她给它们翼翅,
使它们追踪它们的女性的影子到天边。

河是花的母亲，虹的母亲，
一切用水和一些太阳做成的东西的母亲；

她哺养红豆草和青草，和有蜜香的
绣线菊，和毛蕊草。

它是有像鸟的茸毛的叶子的；
她哺养小麦，苜蓿和芦苇；

她哺养苎麻；她哺养亚麻；
她哺养燕麦，大麦和荞麦；

她哺养裸麦，河柳和林檎树；
她哺养垂柳和高大的白杨。

河是树木的母亲：美丽的橡树
曾用它们的脉管在她的河床中吸取清水。

河使天空肥沃：当下雨时，
那是河，它升到天上，又重降下来；

河是一个很有力又很纯洁的母亲,
河是全个自然的母亲。

西茉纳,河唱着一支淳朴的曲子,
来啊,我们将走到灯心草和蓬骨间去;
是正午了:人们抛下了他们的犁,
而我,我将在明耀的水中看见你的跣足。

果树园

西茉纳,带一只柳条的篮子,
到果树园子去吧。
我们将对我们的林檎树说,
在走进果树园的时候:
林檎的时节到了,
到果树园去吧,西茉纳,
到果树园去吧。

林檎树上飞满了黄蜂,
因为林檎都已熟透了
有一阵大的嗡嗡声
在那老林檎树的周围。
林檎树上已结满了林檎,
到果树园去吧,西茉纳,
到果树园去吧。

我们将采红林檎,
黄林檎和青林檎,
更采那肉已烂熟的
酿林檎酒的林檎。

林檎的时节到了,
到果树园去吧,西茉纳,
到果树园去吧。

你将有林檎的香味
在你的衫子上和你的手上,
而你的头发将充满了
秋天的温柔的芬芳。
林檎树上都已结满了林檎,
到果树园去吧,西茉纳,
到果树园去吧。

西茉纳,你将是我的果树园
和我的林檎树;
西茉纳,赶开了黄蜂
从你的心和我的果树园。
林檎的时节到了,
到果树园去吧,西茉纳,
到果树园去吧。

园

西茉纳,八月的园子

是芬芳,丰满而温柔的:

它有芜菁和莱菔,

茄子和甜萝卜,

而在那些惨白的生菜间,

还有那病人吃的莴苣;

再远些,那是一片白菜,

我们的园子是丰满而温柔的。

豌豆沿着攀竿爬上去;

那些攀竿正像那些

穿着饰红花的绿衫子的少妇一样。

这里是蚕豆,

这里是从耶路撒冷来的葫芦。

胡葱一时都抽出来了,

又用一顶王冕装饰着自己,

我们的园子是丰满而温柔的。

周身披着花边的天门冬

结熟了它们的珊瑚的种子；
那些金莲花，虔诚的贞女，
已用它们的棚架做了一个花玻璃大窗，
而那些无思无虑的南瓜
在好太阳中鼓起了它们的颊；
人们闻到百里香和茴香的气味，
我们的园子是丰满和温柔的。

磨坊

西茉纳,磨坊已很古了,它的轮子
满披着青苔,在一个大洞的深处转着:
  人们怕着,轮子过去,轮子转着
  好像在做一个永恒的苦役。

土墙战栗着,人们好像是在汽船上,
在沉沉的夜和茫茫的海之间:
  人们怕着,轮子过去,轮子转着
  好像在做一个永恒的苦役。

天黑了;人们听见沉重的磨石在哭泣,
它们是比祖母更柔和更衰老:
  人们怕着,轮子过去,轮子转着
  好像在做一个永恒的苦役。

磨石是如此柔和,如此衰老的祖母,
一个孩子就可以拦住,一些水就可以推动:
  人们怕着,轮子过去,轮子转着

好像在做一个永恒的苦役。

它们磨碎了富人和穷人的小麦,
它们亦磨碎裸麦,小麦和山麦:
　　人们怕着,轮子过去,轮子转着
　　好像在做一个永恒的苦役。

它们是和最大的使徒们一样善良,
它们做那赐福与我们又救我们的面包:
　　人们怕着,轮子过去,轮子转着
　　好像在做一个永恒的苦役。

它们养活人们和柔顺的牲口,
那些爱我们的手又为我们而死的牲口,
　　人们怕着,轮子过去,轮子转着
　　好像在做一个永恒的苦役。

它们走去,它们啼哭,它们旋转,它们呼鸣,
自从一直从前起,自从世界的创始起:

人们怕着,轮子过去,轮子转着
好像在做一个永恒的苦役。

西茉纳,磨坊已很古了:它的轮子,
满披着青苔,在一个大洞的深处转着。

教堂

西茉纳,我很愿意,夕暮的繁喧
是和孩子们唱着的赞美歌一样柔和。
幽暗的教堂正像一个老旧的邸第;
蔷薇有爱情和篆烟的沉着的香味。

我很愿意,我们将缓缓地静静地走去,
受着刈草归来的人们的敬礼;
我先去为你开了柴扉,
而狗将含愁地追望我们多时。

当你祈祷的时候,我将想到那些
筑这些墙垣,钟楼,眺台
和那座沉重得像一头负着
我们每日罪孽的重担的驮兽的大殿的人们。

想到那些锥凿拱门石的人们,
他们是又在长廊下安置一个大圣水瓶的;
想到那些花玻璃窗上绘画帝王
和一个睡在村舍中的小孩子的人们。

我将想到那些锻冶十字架,
雄鸡,门楗,门上的铁件的人们;
想到那些雕刻木头的
合手而死去的美丽的圣女的人们。

我将想到那些熔制钟的铜的人们,
在那里,人们投进一个黄金的羔羊去,
想到那些在一二一一年掘坟穴的人们:
在坟里,圣鄂克安眠着,像宝藏一样。

想到那些织麻布的主教礼服的人们,
这礼服是挂在神龛左方的幔下的;
想到那些对经几上的书本唱着的人们;
想到那些给弥撒撒的书扣镀金的人们。

我将想到那些接触过圣饼的手,
想到那些祝福别人有给人行洗礼的手,
我将想到指环,想到火烛,想到临终的苦痛
我将想到那些妇人的哭过的眼睛。

我将想到那些墓场中的死者,
想到那些已变成花草的人们,
想到那些在石上还留着姓氏的人们,
想到那些永远伴着他们的十字架。

当我们回来的时候,西茉纳,夜色将深了,
在松树下我们将有幽灵的神气,
我们将想到上帝,想到我们,想到许多东西,
想到等待着我们的狗,想到花园中的蔷薇。

据《现代》1932年第1卷第5期

梵乐希

文学（一）

书和人有同样的仇敌：火，潮湿，虫豸，时间；以及他们自己的内容。

赤裸的思想情绪像赤裸的人一样弱。
因此应该给它们穿衣裳。

思想具有两性，自己受胎并自己生育。

绪言。
诗底存在是本质地可否定的；这差不多可能是对于我们的骄傲的引诱。——在这一点上，它是像上帝本身一样。
人们可以对诗充耳不闻，对上帝熟视无睹——其结果是觉察不出来的。
可是那人人都可以否定而我们又愿意它存在的——却成为我们底存在理由之中心和强有力的象征。

一首诗应该是"智"的祝庆。它不能是别的东西。

祝庆,那便是一种游戏,但却是庄严的,但却是合规矩的,但却是有意义的;人们并不是在等闲之时的姿态,另一种境界——其中的努力是韵律,是赎回来的——的姿态。

人们在完成某件东西或将它以其最纯粹最美的状态表现出来的时候,便是祝庆某件东西。

这里,就有语言的机能,和它的反现象,它的含蓄,它所分离的东西底识别。人们除去它的烦琐,它的弱点,它的日常气。人们组织语言底一切可能性。

祝庆完了,什么都不应该剩余下来。灰烬,践踏过的花带。

在诗人之中:
耳朵说话,
嘴听,
产生梦的是智慧,惊醒,
看得明白的是睡眠,
凝视着的是意象和幻象,
创造着的是不足和缺陷。

大部分的人对于诗有着一个那么渺茫的观念，所以他们的观念底渺茫本身，对于他们就是诗的定义了。

诗

是由于有音节的语言底方法，去再现或恢复那种呼喊，眼泪，抚爱，接吻，叹息等等所朦胧地试想表达出来，而物体似乎想在它们所具有的表面的生命或假设的意向中表达出来的，那些东西或那东西的企图。

那东西是不能有别的定义的。它具有那在回答……的东西时所消耗的精力的性质。

思想应该隐藏在诗句中，正如营养力之在果子中。果子是营养物，但是它只显得是鲜美。人们只感到愉快，但人们却接受到一种滋养料。快感遮蔽着这种它所支配着的觉察不出来的营养物。

诗只是归纳到活动元素的本质的文学。人们清除了它底种种偶像和现实性的幻觉；那在"真实"底语言和"创造"底语言之间的可能的模棱，以及其他等等。

而语言底这个差不多创造的，虚构的任务——（语言呢，本原是实用的，真实性的）是由于脆弱或由于题目的任意，而被变成尽可能地明显的了。

一首诗的题目之对于一首诗，犹之一个人的名字之对于一个人一样，是无关系而又重要的。

有些人，甚至是诗人，而且是好诗人，都认为诗是一种任意的奢侈的业务，一种可有可无的，可兴可灭的特别事业。人们可能取消了香水的制造者，酒的制造者，以及其他等等。

另一些人以为诗是那深切地系附于那在知识，时间，隐蔽的不安和事业，记忆，梦等等之间的内心生存底境地的，一种十分本质的特性或活动底现象。

散文作品底趣味是出乎作品自身以外而从本文底消耗中产生出来，——而诗底趣味却不脱出诗又不能离开诗。

诗是一种残存。
诗，在一个语言底单纯化的，形式底变更的，对于它们的无感觉的，专门化的时代——是保存下来的东西。我意思是说现在人们不会发明诗。再说也不会发明种种的仪礼。

诗人也就是那探求表现底明确和想象得出来的方式的人。语言底极好的偶然：某个字眼，某种字眼的配合，某种章法的抑扬——某种门路，都是他由于诗人的天质所遇到，唤起，偶然碰到，和注意到的，便是这表现的一部分。

抒情是感叹词底发展。

抒情是必先有起作用的声音的一种诗，——那从我们看见或感到如在目前的东西直接出来，或由它们引起声音。

有时，精神要求诗，或要求那有什么隐藏的泉源或神性的诗底归宿。

可是耳朵要求某一个声音，而精神却要求某一个字，而这个字的音，又是不合耳朵底愿望的。

长久长久以来，人声是文学底基础和条件。声底存在说明了最初的文学——古典文学便是从而取得其形式和那可佩的气质的，整个人体是在声音下面，是它的支撑，思想底平衡的条件……

有一天来了，人们能够不拼音不听而用眼睛看书，于是文学便因而全盘变性了。

这是一个演进——从分明的到轻淡的,从有节奏而连锁的到短暂瞬息的,从听闻所接受并要求的到敏捷,急切而自由的眼睛在一张书页上所接受并带去的。

声——诗

人们所能以人声陈述的诸长处,也就是人们所应该在诗里研究并拿出来的诸长处。

而声的"磁力"应该移置在思想底或字眼底神秘而极端正确的结合中。

美丽的音底赓续是主要的。

灵感的观念包含着这些:不须任何代价的东西是最有价值的东西。

最有价值的东西不应有任何代价。

还有这个:以自己所最不负责任的东西为自己最大的光荣。

只要稍加修改——灵感的全部原则便崩溃了。——智慧消失了上帝所轻率地创造了的东西。因为应该分配一份给智慧，否则便要产生怪物了。可是谁来分配呢？如果是智慧，那么她便是女王了；如果不是她，那么是一种完全盲目的力量吗？

这位大诗人只是一个充满了误解的头脑。有的误解使他倾向好的方面而扮演着天才底奇特的突进。有的和前者毫无两样的误解，却显着它们的本来面目，蠢话和胡诌。这便是当他要对于前者加以思索并从而提出结果来的时候的情形。

写作而不知道语言，字眼，比喻，思想转变，调子是什么；也不理解作品之经久底结构和它的终局底条件；只知道一点儿为什么，而绝对不知道如何，是多么地可耻！做着巫祝是可羞的……

据《新诗》1937年4月第7期

文学（二）

古修辞学将诗底继续的洗练所终于显示为诗的目的底本质的那些诗藻和关联，认为是装饰和矫作；而分析底进步，却总有一天会发现它们是深切的特质的效能，或那可称为形式的感受性的东西的效能。

两种韵文：已知的韵文和计算的韵文。

计算的韵文是必然地在待解决的命题的形势之下表现出来的那些——它们的主要条件第一是已知的韵文，其次是已经由这些已知量所包括的脚韵，章法，意义。

即使在散文中，我们也往往被牵制着被勉强着去写我们所不愿写的东西。而我们之所以如此做着，是为了我们所曾愿写的东西要如此。

韵文。模糊的观念，意向，无量的意匠的冲动，撞碎在有规律的形式上，习例的韵文法底难以战胜的禁令上，孕成了新的东西和意料之外的辞采意志和情感之与习惯底无感觉性的冲突，有时会生出惊人的效果。

韵有着这个大成功：那便是使那些愚蠢地相信天下有比习例更重要的东西的单纯的人们发怒。他们有着这种天真的信念，以为某种思想可能比任何习例……更深长，更经久……

这并不是韵的至少底愉快，为此之故，它最不温柔地悦耳。

韵——形成一种对于主题独立的法则，而可以与一口外表的时钟比拟。

意象之滥用，繁杂，对于心底眼睛，发生一种和调子不相容的骚乱。在万花缭乱中一切都变成相等了。

作一首只包含"诗"的诗是不可能的。

如果一首诗只包含"诗"，它便不是作出来的了；它便不是一首诗了。

幻想，如果它巩固自己而支持一些时候，它便替自己造出器官，原则，法则，形式，等等；延续自己的，固定自己的方法。即与被调协起来，即兴之作被组织起来，因为没有东西能够存在，没有东西能够确定而越过瞬间，除非那结算诸瞬间所需要的东西是被产生出来。

韵文底品位：一字之缺就妨碍全部。

记忆底某一个混杂产生了一个字眼，这字眼并不是适当的，但却立刻变成了最好的。这个字眼创了一种流派，这种混杂变作了一种体系，迷信，等等……

一种令人满意的修正，一种意外的解决显露了出来，——全靠了在那不满意而舍置在一边的稿纸上的突然的一瞥。

一切都觉醒了。以前没有着手得法。一切都重复生气勃勃了。

新的解决透出一个重要的字眼，使这字眼自由——好像下棋似的，一着放了这"士"或这"卒"，使它们可以活动。

没有这一着，作品便不存在。

有了这一着，作品便立刻存在了。

当一件作品的完成——认为它已完成的判断，是唯一地依附于它讨我们喜欢这条件的时候——这作品是永远没有完成。比较着最后状态和终结状态，novissimum 和 ultimum 的判断，有一种本质的变迁。比较底标准是无常的。

成功的东西是失败的东西底变形。
因此失败的东西只是由于废弃而失败的。

作者方面，别说

一首诗是永远也不完成的——往往是一件意外结束了它，那就是说把它拿出去给读者。

那便是疲倦，出版者的要求，——另一首诗底生长。

可是（如果作者并不是一个痴人）作品底现在状态永远并不显得它是不能生长，改变，被认为最初的近似，或被认为一个新的探讨底出发点。

我呢，我以为同样的主题和差不多同样的字眼可以无穷尽地拿来再写而占据一生。

"完美"便是工作。

如果人们想得出创造或形式底采用所需要的一切探讨，人们便永远不会愚蠢地拿它来和内容对立。

因为处心积虑要使读者的分子尽可能地少——并甚至要自己尽可能少地剩下游移和任意，人们才趋向形式。

坏的形式便是我们感到有更换的需要而我们自己更换的形式；我们复用着，模仿着而不能变得再好一点的形式，便是好的形式。

形式是本质地和复用联系在一起的。

对于新底偶像崇拜，因此是和形式之关心相反的。

真的和好的规则。

好的规则便是那些重提起最好的契机底特质并强使人用它们的规则。这些规则是从对于这些顺当的契机的分析中取出来的。

这是对于作者的规则，尤甚对于作品。

如果你是常常有识别力的，那么就是你从来也没有冒险深入到你自身之中去。

如果你没有，那么就是你曾冒险深入而一无所得。

一件作品的每一个部分都应该"动作"。

一件作品的诸部分应该由许多条线索互相联系着。

定理

当作品是很短的时候,最细小的细部底效果之伟大是和全部底效果之伟大相同的。

凡有一个可以用别的文章来表现的目标的文章,是散文。

对于作者的忠告

在两个字眼之间,应该选最小的那个。

(这小小的忠告,但愿哲学家也接受。)

据《新诗》1937 年 5 月第 8 期

艺文语录

记忆是作家的裁判。它应该觉察到,它的作家是否意会到并确定了那"易忘的"形态;而且应该提醒他,对他说:你不要止于我那感到记不住的东西上。

在极美的文章中,语句是描画出来的——

意向是测度出来的——事物仍然有其灵性。

在某一种程度,语言虽则穿透而又接触,但却仍然纯洁如光。它留下可以度量的阴影。它并不消失于它所唤起的色彩中。

"而我的诗,不论好'坏',永远言之有物。"

这就是无限不堪入目的东西的原则和萌芽。

"不论好坏",——多么地洒脱!

"有物",——多么地自负。

哲理诗。

"我爱人类的苦痛的尊严。"(维尼句)这句诗是不宜于思考的。人类的苦痛并没有尊严。因此这句诗不应加以思考。

而这是一句"好诗",因为——"尊严"和"苦痛"形成了两个"重要的"字眼的一种美好的"调和"。

便秘,牙痛,不安,绝望者的挣扎是毫无伟大之处,毫无庄严之处的。这句好诗的意义是不可能的。

因此无意义可能有一种极好的音响。

同样,雨果的诗句:

"辉耀出夜来的一片可怕的黑太阳。"

想起来是不可能,这阴面是可观的。

批评家不应该是一个读者,却应该是一个读者的证人,即旁观他读书并受感动的人。批评的大作用是读者的断定。批评的目光太偏向作者方面。它的效用,它的实证的任务可能由下列形式的意见表现出来:"我奉劝某一种气质和某一种脾性的人读某一种书。"

当作品出版了的时候,其作者所给与它的解释,便不复比任何别人所给与它的解释更有价值了。

如果我画了彼易尔的肖像,而有人觉得我的作品不大像彼易尔,而更像约克,那么我是无可置辩的——而他的肯定和我的肯定价值是相同的。

我的意向只是我的意向，而作品是作品。

一位真正的批评家的目的，应该是发现作者（不知道他或知道他都好）所提出的是什么命题，并探求他是否已解决了这命题。

明白。
"开了这扇门。"
这是一句明白的句子。——可是如果别人在旷野中对我们说这句话，我们就不懂得它了。可是如果这是一个比喻说法，它是可能被懂得的。

而这种千变万化的条件，一位听者的心灵在于能否"提供"它们，而"加上它们或否"。

对于许多问题，往往在人们相互之间比人们"独自"了解得更深。几个同样的字眼，对于那迷离于它们的"意义"的孤独者是晦涩的，可是在相互之间却明白了。

一件作品包含读者自己所毫无困难又不加思想而形成的东西愈多，则这作品愈"明白"。

投许多人之所好的东西有着那些统计的特征。它的中庸的品质。

最低级的式样就是那要求我们最少的努力的式样。

当一个理论是被另一个理论攻击的时候，我们往往应该自问：如果那旧理论尚未为人所知，而那最近的理论是占有着它，那么那旧理论就可能有着新理论的一切蛊惑。

假发曾经做过新生的毛发或新奇的时装。

在一个一向作"自由体"诗的文学世界中，一个倡制亚历山大体的人，一定会被当作狂人，而因此会做革新者的先导。

文学的迷信

凡对于文学的语言条件有任何的遗忘的一切信念,我均加以这样的称呼。

例如"人物"那些"没有脏腑的"活人的生存和"心理"。

备考,艺术中的猥亵的大胆(那可能为人公开容许的)与画像的明晰成着反比例而生长着——在公开的绘画中,没有恋爱的二部合唱。

在音乐方面,什么都是容许的。

人的生活是包含在两种文学样式中。人们始于写自己的欲望,而终于写自己的回忆录。

人们走出了文学,而又回到那里去。

那给与我语言的一种最崇高又最深切的观念的书,我称之为一部佳著。犹之一个美丽的躯体的光景,提高了我们对于生活的观念。

这种感觉的态度渐渐至于把一般的文学,以及每部单独的书,凭着它们所提示或暗示的对于"语言的宇宙"的调节和把握之心神和自觉的关注和放任,来加以判断。

"作家"：他所说的是往往比他所想的多一点和少一点。

他在他的思想中减一点和加一点。

他所终于写出来的绝对不和任何真实的思想符合。

那是更丰富和更不丰富。更长和更短。更明白和更晦涩。

所以要从其作品来再造一位作者的人，必然替自己造出一个想象的人物。

一只猴子的印象大概有一种伟大的"文学的"价值吧，——在"今日"。而如果那猴子签上一个人的名字，那就会是一位天才了吧。

一个具有深切而冷酷的智力的人，可曾对于文学发生兴趣呢？在哪一点上呢？他把文学放置在他的心灵的什么地方呢？

给自己的每一个困难建造一个小小的纪念碑。给每一个问题建造一个小小的庙堂。

给每一个谜立它自己的墓碑。

消失的酒

有一天,我在大海中,
(我忘了在天的何方,)
洒了一点美酒佳酿,
作奠祭虚无的清供……

美酒啊,谁愿你消亡?
我或许听了战士说?
或许顺我心的挂虑,
心想血液,手酹酒浆?

大海平素的清澄
起了蔷薇色的烟尘
又恢复了它的纯净……

美酒的消失,波浪酩酊!……
我看见苦涩的风中
奔腾着最深的姿容……

保尔·福尔

回旋舞

假如全世界的少女都肯携起手来,她们可以在大海周围跳一个回旋舞。

假如全世界的男孩都肯做水手,他们可以用他们的船在水上造成一座美丽的桥。

那时人们便可以绕着全世界跳一个回旋舞,假如全世界的男孩都肯携起手来。

我有几朵小青花

我有几朵小青花，我有几朵比你的眼睛更灿烂的小青花。——给我吧！——她们是属于我的，她们是不属于任何人的。在山顶上，爱人啊，在山顶上。

我有几粒红水晶，我有几粒比你嘴唇更鲜艳的红水晶。——给我吧！——她们是属于我的，她们是不属于任何人的。在我家里炉灰底下，爱人啊，在我家里炉灰底下。

我已找到了一颗心，我已找到了两颗心，我已找到了一千颗心。——让我看！——我已找到了爱情，她是属于大家的。在路上到处都有，爱人啊，在路上到处都有。

晓歌

我的苦痛在哪里?我已没有苦痛了。我的恋人在哪里?
我不去顾虑。

在柔温的海滩上,在晴爽的时辰,在无邪的清晨,哦,
辽远的海啊!

我的苦痛在哪里?我已没有苦痛了。我的恋人在哪里?
我不去顾虑。

海上的微风,你的飘带的波浪啊,你的在我洁白的指间
的飘带的波浪啊!

我的恋人在哪里?我已没有苦痛了。我的苦痛在哪里?
我不去顾虑。

在珠母色的天上,我的眼光追随过那闪耀着露珠的,灰
色的海鸥。

我已没有苦痛了。我的恋人在哪里?我的苦痛在哪里?

我已没有恋人了。

在无邪的清晨,哦,辽远的海啊!这不过是日边的低语。

我的苦痛在哪里?我已没有苦痛了。这不过是日边的低语。

晚歌

森林的风要我怎样啊,在夜间摇着树叶?

森林的风要我们什么啊,在我们家里惊动着火焰?

森林的风寻找着什么啊,敲着窗儿又走开去?

森林的风看见了什么啊,要这样地惊呼起来?

我有什么得罪了森林的风啊,偏要裂碎我的心?

森林的风是我的什么啊,要我流了这样多的眼泪?

夏夜之梦

山间自由的蔷薇昨晚欢乐地跳跃,而一切田野间的蔷薇,在一切的花园中都说:

"我的姊妹们,我们轻轻地跳过栅子吧。园丁的喷水壶比得上晶耀的雾吗?"

在一个夏夜,我看见在大地一切的路上,花坛的蔷薇都向一枝自由的蔷薇跑去!

幸福

幸福是在草场中。快跑过去,快跑过去。幸福是在草场中,快跑过去,它就要溜了。

假如你要捉住它,快跑过去,快跑过去。假如你要捉住它,快跑过去,它就要溜了。

在杉菜和野茴香中,快跑过去,快跑过去。在杉菜和野茴香中,快跑过去,它就要溜了。

在羊角上,快跑过去,快跑过去。在羊角上,快跑过去,它就要溜了。

在小溪的波上,快跑过去,快跑过去。在小溪的波上,快跑过去,它就要溜了。

从林檎树到樱桃树,快跑过去,快跑过去。从林檎树到樱桃树,快跑过去,它就要溜了。

跳过篱垣,快跑过去,快跑过去。跳过篱垣,快跑过去！它已溜了！

译后记：保尔·福尔（Paul Fort）为法国后期象征派中的最淳朴，最光耀，最富于诗情的诗人。人们说他是一个纯洁单纯的天才，他们的意思无疑是说他的诗太不推敲，太任凭兴感。其实保尔·福尔的诗倒并不是那样单纯，他甚至是很复杂的，像生活一样，像大自然的种种形态一样。他用最抒情的诗句表现出他的迷人的诗境，远胜过其他用着张大的和形而上的辞藻的诸诗人。这里所译的诗，都是从他的 *Ballades Françaises* 中译出来的，有两章曾在《未名》中刊登过。

耶麦

屋子会充满了蔷薇

屋子会充满了蔷薇和黄蜂，
在午后，人们会在那儿听到晚祷声，
而那些颜色像透明的宝石的葡萄
似乎会在太阳下舒徐的幽荫中睡觉。
我在那儿会多么地爱你！我给你我整个的心，
（它是二十四岁）和我的善讽的心灵，
我的骄傲，我的白蔷薇的诗也不例外；
然而我却不认得你，你是并不存在，
我只知道，如果你是活着的，
如果你是像我一样地在牧场深处，
我们便会欢笑着接吻，在金色的蜂群下，
在凉爽的溪流边，在浓密的树叶下。
我们只会听到太阳的暑热。
在你的耳上，你会有胡桃树的阴影，
随后我们会停止了笑，密合我们的嘴，

来说那人们不能说的我们的爱情；
于是我会找到了，在你的嘴唇的胭脂色上，
金色的葡萄的味，红蔷薇的味，蜂儿的味。

我爱那如此温柔的驴子
我爱那如此温柔的驴子,
它沿着冬青树走着。

它提防着蜜蜂
又摇动它的耳朵;

它还载着穷人们
和满装着燕麦的袋子。

它跨着小小的快步
走近那沟渠。

我的恋人以为它愚蠢,
因为它是诗人。

它老是思索着。
它的眼睛是天鹅绒的。

温柔的少女啊,

你没有它的温柔:

因为它是在上帝面前的,
这青天的温柔的驴子。

而它住在牲口房里,
忍耐又可怜,

把它的可怜的小脚
走得累极了。

它已尽了它的职务
从清晨到晚上。

少女啊,你做了些什么?
你已缝过你的衣衫……

可是驴子却伤了:
因为虻蝇蜇了它。

它竭力地操作过
使你们看了可怜。

小姑娘,你吃过什么了?
——你吃过樱桃吧。

驴子却燕麦都没得吃,
因为主人太穷了。

它吮着绳子,
然后在幽暗中睡了……

你的心儿的绳子
没有那样甜美。

它是如此温柔的驴子,
它沿着冬青树走着。

我有"长恨"的心:
这两个字会得你的欢心。

对我说罢,我的爱人,
我还是哭呢,还是笑?

去找那衰老的驴子,
向它说:我的灵魂

是在那些大道上的,
正和它清晨在大道上一样。

去问它,爱人啊,
我还是哭呢,还是笑?

我怕它不能回答:
它将在幽暗中走着,

充满了温柔,
在披花的路上。

膳厅

——赠 Adrien Dianté 先生

有一架不很光泽的衣橱,

它会听见过我的姑祖母的声音,

它会听见过我的祖父的声音。

它会听见过我的父亲的声音。

对于这些记忆,衣橱是忠实的。

别人以为它只会缄默着是错了,

因为我和它谈着话。

还有一个木制的挂钟。

我不知道为什么它已没有声音了。

我不愿去问它。

或许那在它弹簧里的声音,

已是无疾而终了,

正如死者的声音一样。

还有一架老旧的碗橱,

它有蜡的气味,糖果的气味,

肉的气味,面包的气味和熟梨的气味。

它是个忠心的仆役,它知道
它不应该窃取我们一点东西。

有许多到我家里来的男子和妇女,
他们不信这些小小的灵魂。
而我微笑着,他们以为只有我独自个活着。

当一个访客进来时问我说:
——你好吗,耶麦先生?

少女

那少女是洁白的,
在她的宽阔的袖口里,
她的腕上有蓝色的静脉。

人们不知道她为什么笑着。
有时她喊着,
声音是刺耳的。

难道她恐怕
在路上采花的时候
摘了你们的心去吗?

有时人们说她是知情的。
不见得老是这样吧。
她是低声小语着的。

"哦!我亲爱的!啊,啊……
……你想想……礼拜三
我见过他……我笑……了。"她这样说。

有一个青年人苦痛的时候,
她先就不作声了:
她十分吃惊,不再笑了。

在小径上
她双手采满了
有刺的灌木和蕨薇。

她是颀长的,她是洁白的,
她有很温存的手臂。
她是亭亭地立着而低下了头的。

树脂流着

其一

樱树的树脂像金泪一样地流着。
爱人呵,今天是像在热带中一样热:
你且睡在花荫里罢,
那里蝉儿在老蔷薇树的密叶中高鸣。

昨天在人们谈话着的客厅里你很拘束……
但今天只有我们两人了——露丝·般珈儿!
穿着你的布衣静静地睡吧,
在我的蜜吻下睡着吧。

其二

天热得使我们只听见蜜蜂的声音……
多情的小苍蝇,你睡着罢!
这又是什么响声?……这是眠着翡翠的

榛树下的溪水的声音……
睡着吧……我已不知道这是你的笑声

还是那光耀的卵石上的水流声……

你的梦是温柔的——温柔得使你微微地
微微地动着嘴唇——好像一个甜吻……
说呵,你梦见许多洁白的山羊
到岩石上芬芳的百里香间去休憩吗?

说呵,你梦见树林中的青苔间,
一道清泉突然合着幽韵飞涌出来吗?
——或者你梦见一只桃色、青色的鸟儿,
冲破了蜘蛛的网,惊走了兔子吗?

你梦见月亮是一朵绣球花吗?……
——或者你还梦见在井栏上
白桦树开着那散着没药香的金雪的花吗?

——或者你梦见你的嘴唇映在水桶底里,
使我以为是一朵从老蔷薇树上
被风吹落到银色的水中的花吗?

天要下雪了

——赠 Léopold Bauby

天要下雪了,再过几天。我想起去年。
在火炉边我想起了我的烦忧。
假如有人问我:"什么啊?"
我会说:"不要管我吧。没有什么。"

我深深地想过,在去年,在我的房中,
那时外面下着沉重的雪。
我是无事闲想着。现在,正如当时一样
我抽着一支琥珀柄的木烟斗。

我的橡木的老伴侣老是芬芳的。
可是我却愚蠢,因为许多事情都不能变换,
而想要赶开了那些我们知道的事情
也只是一种空架子罢了。

我们为什么想着谈着?这真奇怪;
我们的眼泪和我们的接吻,它们是不谈的,
然而我们却了解它们,

而朋友的步履是比温柔的言语更温柔。

人们将星儿取了名字，
也不想想它们是用不到名字的，
而证明在暗中将飞过的美丽彗星的数目，
是不会强迫它们飞过的。

现在，我去年老旧的烦忧是在哪里？
我难得想起它们。
我会说："不要管我吧，没有什么。"
假使有人到我房里来问我："什么啊？"

为带驴子上天堂而祈祷

在应该到你那儿去的时候，天主啊，
请使那一天是欢庆的田野扬尘的日子吧。
我愿意，正如我在这尘世上一般，
选择一条路走，如我的意愿，
到那在白昼也布满星星的天堂。
我将走大路，携带着我的手杖，
于是我将对我的朋友驴子们说端详：
我是法朗西思·耶麦，现在上天堂，
因为好天主的乡土中，地狱可没有。
我将对它们说：来，青天的温柔的朋友，
你们这些突然晃着耳朵去赶走
马蝇，鞭策蜜蜂的可怜的亲爱的牲口，
请让我来到你面前，围着这些牲口——
我那么爱它们，因为它们慢慢地低下头，
并且站住，一边把它们的小小的脚并齐，
样子是那么地温柔，会叫你怜惜。
我将来到，后面跟着它们的耳朵无数双，
跟着那些驴儿，在腰边驮着大筐，
跟着那些驴儿，拉着卖解人的车辆，

或是拉着大车，上面有毛帚和白铁满装，
跟着那些驴儿，背上驮着隆起的水囊，
跟着那些母驴，踏着小步子，大腹郎当，
跟着那些驴儿，穿上了小腿套一双双，
因为它们有青色的流脓水的伤创，
惹得固执的苍蝇聚在那里着了忙。
天主啊，让我和这些驴子同来见你，
叫天神们在和平之中将我们提携，
行向草木丛生的溪流，在那里，
颤动着樱桃，光滑如少女欢笑的肤肌，
而当我在那个灵魂的寄寓的时候，
俯身临着你的神明的水流，
使我像那些对着永恒之爱的清渠
鉴照着自己卑微而温柔的寒伧的毛驴。

译后记：耶麦（Francis Jammes）为法国现代大诗人之一。他是抛弃了一切虚夸的华丽、精致、娇美，而以他自己的淳朴的心灵来写他的诗的。从他的没有辞藻的诗里，我们听到曝日的野老的声音，初恋的乡村少年的声音和为禽兽的谦和的朋友的圣弗朗西思一样的圣者的声音而感到一种异常的美感。这种美感是生存在我们日常的生活上，但我们适当地、艺术地抓住的。这里我从他的《从晨祷钟到晚祷钟》集中选译了六章诗，虽然经过了我自愧没有把作者的作风传神地表达出来的译笔，但读者总还可以依稀地辨出他的面目来。

比也尔·核佛尔第

心灵出去

多少部书!一座寺院,厚厚的墙是用书砌成的。

那边,在那我不知道怎样,我不知道从那儿进去的里面,我窒息着;天花板是灰色的,蒙了灰尘。一点声音都没有。

那一边多么伟大的思想都不再动了;它们睡着或是已经死了。在这悲哀的宫里,天气是那么地热,那么地阴郁!

我用我的指爪抓墙壁,于是一块一块地,我在右边的墙上挖了一个洞。

那是一扇窗,而那想把我眼睛弄瞎的太阳,不能阻止我向上面眺望。

那是街路,但是那座宫已不再在那儿了。我已经认识了别一些灰尘和别一些围着人行道的墙了。

假门或肖像

在不动地在那面的一块地方
在四条线之间
  白色在那儿映掩着的方形
那托住你的颊儿的手
  月亮
一个升了火的脸儿
  另一个人的侧影
  但你的眼睛
我跟随那引导我的灯
放在濡湿的眼皮上的一个手指
  在中央
眼泪在这空间之内流着
  在四条线之间
  一片镜子

白与黑

除了生活在这盏灯的大白树以外

如何生活在别的地方

  老人已把他的象牙的牙齿一个个地丢了

何苦继续去咬些永远

  不死的孩子

  老人

   牙齿

然而那不是同样的那个梦

而当他自以为他竟和上帝

  一样伟大他变了他的宗教

  而离开了他的老旧的黑房间

然后他买了些新的领结

 和一个衣橱

但是现在他的和树一样白的头

  实际上只是一个可怜的小球

  在坡级的下面

  那个球远远地动着

旁边有一头狗而在他的远远的形象中

当他动着的时候人们已不更知道那是否是球

同样的数目

半睁半闭的眼睛
　　　在波岸的手
天
　　　和一切到来的
门倾斜着
　　　一个头突出来
在框子里
而从门扉间
人们可以望过去
太阳把一切地位都占了去
但是树木总是绿色的
　　　一点钟堕下去
　　　天格外热了
而屋子是更小了
经过的人们走得慢了一点
老是望着上面
　　　现在灯把我们照亮了
同时远远地望着
于是我们可以看见

那过来的光
我们满意了
　　晚上
在有人等着我们的另一所屋子前面

夜深

夜所分解的颜色

他们所坐着的桌子

火炉架上的玻璃杯

  灯是一颗空虚了的心

这是另一平

 一个新的皱纹

你已经想过了吗

  窗子倾吐出一个青色的方形

门是更亲切一点

  一个分离

  悔恨和罪

永别吧我坠入

接受我的手臂的温柔的角度里去了

我斜睨着看见了一切喝着酒的人们

  我不敢动

他们都坐着

  桌子是圆的

而我的记忆也是如此

我记起了一切的人

甚至那已经走了的

译后记：比也尔·核佛尔第（Pierre Reverdy）为法国现代新诗人。他受着诗人们的景仰，正如几十年前马拉诗美之受诗人们的景仰一样。苏保尔（Soupault）、勃勒东（Breton）和阿拉贡（Aragon）甚至宣称核是当代最伟大的诗人，别人和他比起来都只是孩子了。

比也尔·核佛尔第主张艺术不应该是现实的寄生虫，诗应该本身就是目的。他的诗一切都不是虚饰的。他用电影的手法写诗，他捉住那些不能捉住的东西：飞过的鸟，溜过的反光，不大听得清楚的转瞬即逝的声音；他把它们联系起来，杂乱地排列起来，而成了别人所写不出来的诗。

他最初发表他的诗的时候是一九一五年，那时他是二十六岁，到现在他的诗集有十余种。他也写小说、批评文，但总没有他的诗有名。

这里所译的五首，是从他的一九一五年出版的《散文诗》及一九二四年出版的《天上的破舟残片》中译出来的。

许拜维艾尔

肖像

母亲,我很不明白人们是如何找寻那些死者的,
我迷途在我的灵魂,它的那些险阻的脸儿,
它的那些荆刺以及它的那些目光之间。
帮助我从那些炫目惊心的嘴唇所憧憬的
我的界域中回来吧,
帮助我寂然不动吧,
那许多动作隔离着我们,许多残暴的猎犬!
让我俯就那你的沉默所形成的泉流,
在你的灵魂所撼动的枝叶底一片反照中。

啊!在你的照片上,
我甚至看不出你的目光是向哪一面飘的。
然而我们,你的肖像和我自己,却走在一起,
那么地不能分开
以致在除了我们便无人经过的
这个隐秘的地方

我们的步伐是类似的,
我们奇妙地攀登山冈和山峦。
而在那些斜坡上像无手的受伤者一样地游戏。
一支大蜡烛每夜流着溅射到晨曦的脸上,——
那每天从死者的沉重的床中间起来的,
半窒息的,
迟迟认不出自己的晨曦。

我的母亲,我严酷地对你说着话,
我严酷地对死者们说着话,因为我们应该
站在滑溜的屋顶上,
两手放在嘴的两边,并用一种发怒的音调
去压制住那想把我们生者和死者隔绝的
震耳欲聋的沉默,而对他们严酷地说话的。

我有着你的几件首饰,
好像是从河里流下来的冬日的断片,
在这有做着"不可能"的囚徒的新月
起身不成而一试再试的
溃灭的夜间,

在一只箱子底夜里闪耀着的这手钏,便是你的。
这现在那么弱地是你的我,从前却那么强地是你,
而我们两人是那么牢地钉在一起,竟应该同死,
像是在那开始有盲目的鱼
有眩目的地平线的
大西洋的水底里互相妨碍泅水
互相蹴踢的两个半溺死的水手一样。

因为你曾是我,
我可以望着一个园子而不想别的东西,
可以在我的目光间选择一个,
可以去迎迓我自己。
或许现在在我的指甲间,
还留着你的一片指甲,
在我的睫毛间还羼着你的一根睫毛;
如果你的一个心跳混在我的心跳中,
我是会在这一些之间辨认它出来
而我又会记住它的。

可是心灵平稳而十分谨慎地

斜睨着我的
这位我的二十八岁的亡母，
你的心还跳着吗？你已不需要心了，
你离开了我生活着，好像你是你自己的姊妹一样。
你穿着什么都弄不旧了的就是那件衫子，
它已很柔和地走进了永恒
而不时变着颜色，但是我是唯一要知道的。

黄铜的蝉，青铜的狮子，黏土的蝮蛇，
此地是什么都不生息的！
唯一要在周遭生活的
是我的欺谎的叹息。
这里，在我的手腕上的
是死者们底矿质的脉搏
便是人们把躯体移近
墓地的地层时就听到的那种。

生活

为了把脚践踏在
夜的心坎儿上,
我是一个落在
缀星的网中的人。

我不知道世人
所熟稔的安息,
就是我的睡眠
也被天所吞噬了。

我的岁月底袒裸啊,
人们已将你钉上十字架;
森林的鸟儿们
在微温的空气中,冻僵了。

啊!你们从树上坠了下来。

心脏

——赠比拉尔

这做我的寄客的心,
它不知道我的名字,
除了生野的地带,
我的什么它都不知道。
血做的高原,
受禁的山岳,
怎样征服你们呢,
如果不给你们死?
回到你们的源流去的
我的夜的河流,
没有鱼,但却
炙热而柔和的河,
怎样溯你们而上呢?
寥远的海滩之音,
我在你们周围徘徊
而不能登岸,
哦,我的土地的川流,
你们赶我到大海去,

而我却正就是你们。
而我也就是你们，
我的暴烈的海岸，
我的生命底波沫。
女子的美丽的脸儿，
被空间所围绕着的躯体，
你们怎样会
从这里到那里，
走进这个我无路可通
而对于我又日甚一日地
充耳不闻而反常的
岛中来的？
怎样会像踏进你家里一样
踏进那里去的？
怎样会懂得
这是取一本书
或关窗户的时候
而伸出手去的？
你们往往来来，
你们悠闲自在

好像你们是独自
在望着一个孩子的眼睛动移。

在肉的穿窿之下，
我的自以为旁无他人的心
像囚徒一样地骚动着，
想脱出它的樊笼。
如果我有一天能够
不用言语对它说
我在它生命周围形成一个圈子，
那就好了，
如果我能够从我张开的眼睛
使世界底外表
以及一切超过波浪和天宇，
头和眼睛的东西
都降到它里面去，
那就好了！
我难道不能至少
用一支细细的蜡烛
微微照亮它，

并把那在它里面,
在暗影中永不惊异地
生活着的人儿指给它看吗!

一头灰色的中国牛

一头灰色的中国牛,
躺在它的棚里,
伸长了它的背脊,
而在同一瞬间,
一头乌拉圭牛
转身过去瞧瞧
可有什么人动过。
鸟儿在两者之上,
横亘昼和夜,
无声无息地
飞绕了行星一周,
却永远不碰到它,
又永远不栖止。

新生的女孩

——为安娜·玛丽而作

摆着推开云片的手势,
出得她的星辰,她终于触到大地。

墙壁很想仔细看一看这新生的女孩:
暗影中的一点儿干练的阳光已把她泄漏给它们。

那找寻着她的耳朵的城市之声
像一只暗黑的蜂似的想钻进去,

踌躇着,渐渐地受了惊恐,
然后离开了这还太接近自己的秘密的

小小的整个儿暴露在那光耀
盲目并因怀着豫望而颤栗的空气的肉体。

她经过了一次闭着眼睛的长旅行,
在一个永远幽暝而无回声的国土中,

而其记忆是在她的紧握着的手里

(不要翻开她的手,让她有着她的思想。)

　*

她想:

"这些凝视着的人们

是那么严肃又那么高大,

而他们的竖起的脸儿

竟像是高山一样。

我是一片湖吗,一条河吗,

我是一面魔镜吗?

他们为什么凝看着我?

我没有什么东西可以给他们。

让他们去吧,让他们到

他们的冷酷的眼睛的国土中去,

到那一点也不知道我什么的

他们的眉毛的国土中去。

在我闭着的眼皮下面,

我还有许多事啊。

我需得告别

那些记不清的颜色,

那几百万道的光,
以及那在另一面的
更多的黑暗。
我需得整顿一下
我就要抛开的
这全体的星星。
在一个无边的睡眠的深处
我应该赶快一点。"
*
当她睁开眼来的时候,他们给了她一棵树
以及它的生枝叶的世界,他们给了她大海
以及它的天的满意。
接着她又睡过去把一切都带走。
*
这在自己的堡中的襁褓中的婴孩,
你们借那从小窗孔漏进来的阳光望着她吧。
她的嘴唇还不懂得言语的味,
而她的目光是徘徊在平滑的波浪上,
像鸟儿一样地在找寻运气。

这些白色的东西，这片浪花，这有什么意义呢？
什么巨大的刀会把那些波浪雕过呢？
可是我们可以说，一只船开过来，
而十二个潜水人，为一种突然的沉醉所袭，
从甲板上跳到水里去。

哦，我的泅水人啊，一个女孩子在看着你们，
浪花闪着光，还有它的螺钿色的符号，
无记忆的白色的古怪的字母，
她固执着要辩解它们，
可是水却老是把全部历史搅乱。

时间的群马

当时间的群马驻足在我门前的时候,
我总有点踌躇去看它们痛饮,
因为它们拿着我的鲜血去疗渴。
它们向我的脸儿转过感谢之眼,
同时它们的长脸儿使我周身软弱,
又使我这样地累,这样地孤单而恍惚,
因而一个短暂的夜便侵占了我的眼皮,
并使我不得不在心头重整精力,
等有一天这群渴马重来的时候,
我可以苟延残命并为它们解渴。

房中的晨曦

曦光前来触到一个在睡眠中的头,

它滑到额骨上,

而确信这正是昨天的那个人。

那些颜色,照着它们的长久的不作声的习惯,

踏着轻轻的步子,从窗户进来。

白色是从谛木尔来的,触过巴力斯丁,

而现在它在床上弯身而躺下,

而这另一个怅然离开了中国的颜色,

现在是在镜子上,

一靠近它

就把深度给了它。

另一个颜色走到衣橱边去,给它擦了一点黄色,

这一个颜色把安息在床上的

那个人的命运

又渲染上黑色。

于是知道这些的那个灵魂,

这老是在那躺着的躯体旁的不安的母亲:

"不幸并没有加在我们身上,

因为我的人世的躯体
是在半明半暗中呼吸着。
除了不能受苦难
和灵魂受到闭门羹
而无家可归以外，
便没有更大的苦痛了。
有一天我会没有了这个在我身边的大躯体；
我很喜欢推测那在床巾下面的他的形体，
那在他的难行的三角洲中流着的我的朋友血
以及那只有时
在什么梦下面
稍微动一动
而在这躯体和它的灵魂中
不留一点痕迹的手。
可是他是睡着，我们不要想吧，免得惊醒他，
这并不是很难的
只要注意就够了，
让人们不听见我，像那生长着的枝叶
和青草地上的蔷薇一样。"

等那夜

等那夜,那总可以由于它的那种风所吹不到

而世人的不幸却达得到的极高的高度

而辨认出来的夜,

来燃起它的亲切而颤栗的火,

而无声无息地把它的那些渔舟,

它的那些被天穿了孔的船灯,

它的那些缀星的网,放在我们扩大了的灵魂里,

等它靠了无数回光和秘密的动作

在我们的心头找到了它的亲信,

并等它把我们引到它的皮毛的手边,

我们这些受着白昼

以及太阳光的虐待,

而被那比熟人家里的稳稳的床更稳的

粗松而透彻的夜所收拾了去的迷失的孩子们,

这是陪伴我们的喃喃微语着的蔽身之处,

这是有那已经开始偏向一边

开始在我们心头缀着星,

开始找到自己的路的头搁在那里的卧榻。

译后记：这里的八首诗，是承了许拜维艾尔自己的意志而翻译出来的。《肖像》和《生活》取自《引力集》(*Gravitations*)，《心脏》《一头灰色的中国牛》和《新生的女孩》取自《无罪的囚徒集》(*Forçat Innocent*)，《时间的群马》《房中的晨曦》和《等那夜》取自《不相识的朋友们集》(*Les Amis Inconnus*)。这几首诗只是我们这位诗人所特别爱好的，未必就能代表他全部的作品，至多是他的一种倾向，或他最近的倾向而已。以后我们还想根据我们自己的选择，从许拜维艾尔全部诗作中翻译一些能代表他的种种面目的诗，这想亦为读者所容许的吧。

本辑据《新诗》1936 年 10 月第 1 期

阿保里奈尔

莱茵河秋日谣
死者的孩子们
到墓园里去游戏
马丁，葛忒吕德，汉斯和昂利
今天没有一只雄鸡唱过
喔喔喔

那些老妇们
啼哭着在路上走
而那些好驴子
欧欧地鸣着而开始咬嚼
奠祭花圈上的花

而这是死者和他们一切的灵魂的日子
孩子们和老妇们
点起了小蜡烛和小蜡烛
在每一个天主教徒的墓上

老妇们的面幕
天上的云
都像是母山羊的须

空气因火焰和祈祷而战颤着
墓园是一个美丽的花园
满是灰色的柳树和迷迭香
你往往碰到一些给人抬来葬的朋友们
啊！你们在这美丽的墓园里多么舒服
你们，喝啤酒醉死的乞丐们
你们，像定命一样的盲人们
和你们，在祈祷中死去的小孩子们

啊！你们在这美丽的墓园里多么舒服
你们，市长们，你们，船夫们
和你们，摄政参议官们
还有你们，没有护照的波希米人们
生命在你们的肚子里腐烂
十字架在我们两腿间生长

莱茵河的风和一切的枭鸟一起呼叫
它吹熄那些总是由孩子们重点旺的大蜡烛，
而那些死叶
前来遮盖那些死者

已死的孩子们有时和她们的母亲讲话
而已死的妇女们有时很想回来

哦！我不愿意你出来
秋天是充满了斩断的手
不是不是这是枯叶
这是亲爱的死者的手
这是你的斩断的手

我们今天已流了那么多的眼泪
和这些死者，他们的孩子们，和那些老妇们一起
在没有太阳的天下面
在满是火焰的墓园
然后我们在风中回去

在我们脚边栗子滚转着
那些栗球是
像圣母底受伤的心
我们不知道她的皮肤
是否颜色像秋天的栗子

据《诗创造》1948 年 2 月

爱吕亚

公告

他的死亡之前的一夜
是他一生中的最短的
他还生存着的这观念
使他的血在腕上炙热
他的躯体的重量使他作呕
他的力量使他呻吟
就在这嫌恶的深处
他开始微笑了
他没有"一个"同志
但却有几百万几百万
来替他复仇他知道
于是阳光为他升了起来

受了饥馑的训练

受了饥馑的训练

孩子老是回答我吃

你来吗我吃

你睡吗我吃

戒严

有什么办法门是看守住了

有什么办法我们是给关住了

有什么办法路是拦住了

有什么办法城市是屈服了

有什么办法它是饥饿了

有什么办法我们是解除武装了

有什么办法夜是降下了

有什么办法我们是相爱着

一只狼

白昼使我惊异而黑夜使我恐怖
夏天纠缠着我而冬天追踪着我

一头野兽把他的脚爪放在
雪上沙上或泥泞中
把它的来处比我的步子更远的脚爪
放在一个踪迹上在那里
死亡有生活的印痕。

勇气

巴黎寒冷巴黎饥饿

巴黎已不再在街上吃栗子

巴黎穿上了我旧的衣服

巴黎在没有空气的地下铁道站里站着睡

还有更多的不幸加到穷人身上去

而不幸的巴黎的

智慧和疯癫

是纯净的空气是火

是美是它的饥饿的

劳动者们的仁善

不要呼救啊巴黎

你是过着一种无比的生活

而在你的惨白你的瘦削的赤裸后面

一切人性的东西在你眼底显露出来

巴黎我的美丽的城

像一枚针一样细像一把剑一样强

天真而博学

你忍受不住那不正义

对于你这是唯一的无秩序

你将解放你自己巴黎

像一颗星一样战栗的巴黎

我们的残存着的希望

你将从疲倦和污泥中解放你自己

弟兄们我们要有勇气

我们这些没有戴钢盔

没有穿皮靴又没有戴手套也没有受好教养的人

一道光线在我们的血脉中亮起来

我们的光回到我们这里来了

我们之中最好的人已为我们而死了

而现在他们的血又找到了我们的心

而现在从新是早晨一个巴黎的早晨

解放的黎明

新生的春天的空间

傻笨的力量战败了

这些奴隶我们的敌人

如果他们明白了

如果他们有了解的能力

便会站起来的

自由

在我的小学生的练习簿上
在我们书桌上和树上
在沙上在雪上
我写了你的名字

在一切读过的书页上
在一切空白的书页上
石头、血、纸或灰上
我写了你的名字

在金色的图像上
在战士的手臂上
在帝王的冠上
我写了你的名字

在林莽上和沙漠上
在鸟巢上和金雀枝上
在我童年的回声上
我写了你的名字

在夜间的奇迹上

在白昼的白面包上

在结亲的季节上

我写了你的名字

在我一切青天的破布上

在发霉的太阳池塘上

在活的月亮湖沿上

我写了你的名字

在田野上在天涯上

在鸟儿的翼翅上

和在阴影的风磨上

我写了你的名字

在每一阵晨曦上

在海上在船上

在发狂的大山上

我写了你的名字

在云的苔藓上
在暴风雨的汗上
在又厚又无味的雨上
我写了你的名字

在晶耀的形象上
在颜色的钟上
在物质的真理上
我写了你的名字

在觉醒的小径上
在展开的大路上
在满溢的广场上
我写了你的名字

在燃着的灯上
在熄灭的灯上
在我的集合的房屋上
我写了你的名字

在我的镜子和我的卧房的
一剖为二的果子上
在我的空贝壳床上
我写了你的名字

在我的贪食而温柔的狗上
在它的竖起的耳朵上
在它的笨拙的脚上
我写了你的名字

在我的门的跳板上
在熟稔的东西上
在祝福的火的波上
我写了你的名字

在应允的肉体上
在我的朋友们的前额上
在每只伸出来的手上
我写了你的名字

在出其不意的窗上
在留意的嘴唇上
高高在寂静的上面
我写了你的名字

在我的毁坏了的藏身处上
在我的崩坍的灯塔上
在我的烦闷的墙上
我写了你的名字

在没有愿望的别离上
在赤裸的孤寂上
在死亡的阶坡上
我写了你的名字

在恢复了的健康上
在消失了的冒险上
在没有记忆的希望上
我写了你的名字

于是由于一个字的力量
我从新开始我的生活
我是为了认识你
为了唤你的名字而成的
  自由

蠢而恶

从里面来

从外面来

这是我们的敌人

他们从上面来

他们从下面来

从近处来从远处来

从右面来从左面来

穿着绿色的衣服

穿着灰色的衣服

太短的上衣

太长的大氅

颠倒的十字架

因他们的枪而高

因他们的刀而短

因他们的间谍而骄傲

因他们的刽子手而有力

而且满涨着悲伤

全身武装

武装到地下

因行敬礼而僵直
又因害怕而僵直
在他们的牧人面前
渗湿着啤酒
渗湿着月亮
庄重地唱着
皮靴的歌
他们已忘记
为人所爱的快乐
当他们说是的时候
一切回答他们不
当他们说黄金的时候
一切都是铅做的
可是在他们的阴影下
一切都将是黄金的
一切都会年轻起来
让他们走吧让他们死吧
我们只要他们的死亡就够了

我们爱着的人们

他们会脱逃了
我们会关心他们
在一个新的世界的
　一个在本位的世界的
　　光荣的早晨

战时情诗七章

　　我在这个地方写作,在那里,人们是被围在垃圾,干渴,沉默和饥饿之中……

阿拉贡:蜡像馆

一

在你眼睛里一只船

控制住了风

你的眼睛是那

一霎时重找到的土地

耐心地你的眼睛等待着我们

在森林的树木下面

在雨中在暴风中

在峰巅的雪上

在孩子们的眼睛和游戏间

耐心地你的眼睛等待着我们

他们是一个谷
比单独一茎草更温柔
他们的太阳把重量给与
人类的贫瘠的收获

等着我们为了看见我们
永久地
因为我们带来爱
爱的青春
和爱的理由
爱的智慧
和不朽。

二
我们比最大的会战人还多的
眼睛的日子

我们战胜时间的眼睛的
诸城市和诸乡邻

在清凉的谷中燃烧着
液体而坚强的太阳

而在草上张扬着
春天的桃色的肉体

夜晚闭上了它的翼翅
在绝望的巴黎上面
我们的灯支持着夜
像一个俘虏支持着自由

三
温柔而赤裸地流着的泉源
到处开花的夜
那我们在一个微弱疯狂的
战斗之中联合在一起的夜

还有那辱骂我们的夜
其中床深陷着的夜
空洞而没有孤独

一种临死痛苦的未来。

四

这是一枝植物
它敲着地的门
这是一个孩子
它敲着它母亲的门

这是雨和太阳
它们和孩子一起生
和植物一起长大
和孩子一起开花

我听到推理和笑

* * *

人们计算过
可能给一个孩子受的痛苦
那么多不至于呕吐的耻辱
那么多不至于死亡的眼泪

在暗黑而张开恐怖的大口的
穹窿下的一片脚步声
人们刚拔起了那枝植物
人们刚糟蹋了那孩子

用了贫困和烦闷。

五

心的角隅他们客气地说
爱和仇和光荣的角隅
我们回答而我们的眼睛反映着
那作为我们的避难处的真理

我们从来没有开始过
我们一向互相爱着
而因为我们互相爱着
我们愿意把其余的人
从他们冰冷的孤独中解放出来

我们愿意而我说我愿意

我说你愿意而我们愿意
使光无限永照
从辉耀着德行的一对对
从装着大胆的甲的一对对
因为他们的眼睛是相对着

而且因为他们在其余的人的生活中有着他们的目的

六

我们不向你们吹喇叭
为要更清楚给你们看不幸
正如它那样地很大很蠢
而且因为是整个地而更蠢

我们只单独要求死
单独要求泥土拦住我们
但是现在却是羞耻
来把我们活活地围砌住

无限的恶的羞耻

荒谬的刽子手的羞耻
老是那几个老是
那爱着自己的那几个

受刑者的群列的羞耻
焦土话语的羞耻
可是我们并不为我们的受苦而羞耻
可是我们并不为觉得羞耻而羞耻

在逃走的战士们后面
就是一只鸟也不再活
空气中空无呜咽
空无我们的天真

鸣响着憎怅和复仇

七

凭着完善深沉的前额的名义
凭着我所凝看着的眼睛
和今天以及永远

我所吻着的嘴的名义

凭着埋葬了的希望的名义
凭着暗黑中的眼泪的名义
凭着使人大笑的怨语的名义
凭着使人害怕的笑的名义

凭着联住我们的手的温柔的
路上的笑声的名义
凭着在一片美丽的好土地上
遮盖着花的果子的名义

凭着在牢狱中的男子们的名义
凭着受流刑的妇女们的名义
凭着为了没有接受暗影
而殉难和被虐杀了的
我们的一切弟兄们的名义

我们应该渗干愤怒
并且使铁站起来

为的是要保存

那到处受追捕

但却将到处胜利的

天真的人们的崇高的影像

附记： 作者爱吕亚（Paul Eluard），法国当代大诗人，超现实主义的领袖。在法国沦陷期中，他是抗战作家的中坚分子，秘密出版社和地下战斗的组织者。胜利后加入共产党，《战时情诗七章》作于沦陷期，现收入 *Au Rendez-vous Allemand* 集，自然不是情诗而是抗战诗，晦涩了一点，那是不免的。第一，这是在敌人的铁蹄下写出来的；其次，他到底还是一位超现实主义诗人。

据《诗创造》1947年12月

波特莱尔

恶之华掇英

信天翁

时常地,为了戏耍,船上的人员
捕捉信天翁,那种海上的巨禽——
这些无罣碍的旅伴,追随海船,
跟着它在苦涩的漩涡上航行。

当他们一把它们放在船板上,
这些青天的王者,羞耻而笨拙
就可怜地垂倒在他们的身旁
它们洁白的巨翼,像一双桨棹。

这插翅的旅客,多么呆拙委颓!
往时那么美丽,而今丑陋滑稽!
这个用着烟斗戏弄它的尖嘴,
那个学这飞翔的残废者拐躄!

诗人恰似天云之间的王君,
它出入风波间又笑傲弓弩手;
一旦堕落在尘世,笑骂尽由人,
它巨人般的翼翅妨碍它行走。

高举

在池塘的上面,在溪谷的上面,
凌驾于高山,树林,天云和海洋,
超越过那灏气,超越过那太阳,
超越过那缀星的天球的界限,

我的心灵啊,你在敏捷地飞翔,
恰如善泳的人沉迷在波浪中,
你欣然犁着深深的广袤无穷,
怀着雄赳赳的狂欢,难以言讲。

远远地从这疾病的瘴气飞脱,
到崇高的大气中去把你洗净,
像一种清醇神明的美酒,你饮
滂渤弥漫在空间的光明的火。

那烦郁和无边的忧伤的沉重
沉甸甸压住笼着雾霭的人世,
幸福的唯有能够高举起健翅,
从它们后面飞向明朗的天空!

幸福的唯有思想如云雀悠闲，
在早晨冲飞到长空，没有窒碍，
——翱翔在人世之上，轻易地了解
那花枝和无言的万物底语言！

应和

自然是一庙堂,那里活的柱石
不时地传出模糊隐约的语音:
人穿过象征的林从那里经行,
树林望着他,投以熟稔的凝视。

正如悠长的回声遥遥地合并,
归入一个幽黑而渊深的和协——
广大有如光明,浩漫有如黑夜——
香味,颜色和声音都互相呼应。

有的香味新鲜如儿童的肌肤,
柔和有如洞箫,翠绿有如草场,
——别的香味呢,腐烂,轩昂而丰富。

具有着无极限的品物底扩张,
如琥珀香,麝香,安息香,篆烟香,
那样歌唱性灵和官感的欢狂。

人和海

无羁束的人,你将永远爱海洋!
海是你的镜子;你照鉴着灵魂
在它的波浪的无穷尽的奔腾,
而你心灵是深渊,苦涩也相仿。

你喜欢汨没到你影子的心胸;
你用眼和臂拥抱它,而你的心
有时以它自己的烦嚣来遣兴,
在那难驯而粗犷的呻吟声中。

你们一般都是阴森和无牵羁:
人啊,无人测过你深渊底深量;
海啊,无人知道你内蕴底富藏,
你们都争相保持你们的秘密!

然而无尽数世纪以来到此际,
你们无情又无悔地相互争强,
你们那么地爱好杀戮和死亡,
哦永恒的斗士,哦深仇的兄弟!

美

哦,世人!我美丽有如石头的梦,
我的使每个人轮流斫丧的胸
生来使诗人感兴起一种无穷
而缄默的爱情,正和元素相同。

如难解的斯芬克斯,我御碧霄;
我将雪的心融于天鹅的皓皓;
我憎恶动势,因为它移动线条,
我永远也不哭,我永远也不笑。

诗人们,在我伟大的姿态之前
(我似乎仿之于最高傲的故迹)
将把岁月消磨于庄严的钻研;

因为要叫驯服的情郎们眩迷,
我有着使万象更美丽的纯镜:
我的眼睛,我光明不灭的眼睛!

异国的芬芳

秋天暖和的晚间,当我闭了眼
呼吸着你炙热的胸膛的香味,
我就看见展开了幸福的海湄,
炫照着一片单调太阳的火焰;

一个闲懒的岛,那里"自然"产生
奇异的树和甘美可口的果子;
产生身体苗条壮健的小伙子,
和眼睛坦白叫人惊异的女人。

被你的香领向那些迷人地方,
我看见一个港,满是风帆桅樯,
都还显着大海的风波的劳色,

同时那绿色的罗望子的芬芳——
在空中浮动又在我鼻孔充塞,
在我心灵中和入水手的歌唱。

赠你这几行诗

赠你这几行诗，为了我的姓名
如果侥幸传到那辽远的后代，
一晚叫世人的头脑做起梦来，
有如船儿给大北风顺势推行，

像缥缈的传说一样，你的追忆，
正如那铜弦琴，叫读书人烦厌，
由于一种友爱而神秘的锁链
依存于我高傲的韵，有如悬系；

受咒诅的人，从深渊直到天顶，
除我以外，什么也对你不回应！
——哦，你啊，像一个影子，踪迹飘忽，

你用轻盈的脚和澄澈的凝视
践踏批评你苦涩的尘世蠢物，
黑玉眼的雕像，铜额的大天使！

黄昏的和谐

现在时候到了，在茎上震颤颤，
每朵花氤氲浮动，像一炉香篆；
音和香味在黄昏的空中回转；
忧郁的圆舞曲和懒散的昏眩。

每朵花氤氲浮动，像一炉香篆；
提琴颤动，恰似心儿受了伤残；
忧郁的圆舞曲和懒散的昏眩！
天悲哀而美丽，像一个大祭坛。

提琴颤动，恰似心儿受了伤残，
一颗柔心，它恨虚无底黑漫漫！
天悲哀而美丽，像一个大祭坛；
太阳在它自己的凝血中沉湮……

一颗柔心（它恨虚无的黑漫漫）
收拾起光辉昔日的全部余残！
太阳在它自己的凝血中沉湮……
我心头你的记忆"发光"般明灿！

邀旅

  孩子啊，妹妹，
  想想多甜美
到那边去一起生活！
  逍遥地相恋，
  相恋又长眠
在和你相似的家国！
  湿太阳高悬
   在云翳的天
在我的心灵里横生
  神秘的娇媚，
   却如隔眼泪
耀着你精灵的眼睛。

那里，一切只是整齐和美，
豪侈，平静和那欢乐迷醉。

  陈设尽辉煌，
   给年岁砑光，
装饰着我们的卧房，

珍奇的花卉

把它们香味

和入依微的琥珀香,

华丽的藻井,

深湛的明镜,

东方的那璀璨豪华,

一切向心灵

秘密地诉陈

它们温和的家乡话。

那里,一切只是整齐和美,

豪侈,平静和那欢乐迷醉。

看,在运河内

船舶在沉睡——

它们的情性爱流浪;

为了要使你

百事都如意,

它们才从海角来航。

西下夕阳明,

把朱玉黄金
笼罩住运河和田陇
　　　和整个城镇；
　　世界睡沉沉
在一片暖热的光中。

那里，一切只是整齐和美，
豪侈，平静和那欢乐迷醉。

秋歌

一

不久我们将沉入寒冷的幽暗,
再会,我们太短的夏日的辉煌!
我已经听到,带着阴森的震撼,
薪木在庭院的石上声声应响。

整个冬日将回到我心头:愤怒,
憎恨,战栗,恐怖,和强迫的劳苦,
正如太阳做北极地狱的囚徒,
我的心将是红冷的一块顽物。

我战栗着听块块坠下的柴木;
筑刑架也没有更沉着的回响。
我心灵好似个堡垒,终于屈服,
受了沉重不倦的撞角的击撞。

为这单调的震撼所摇,我好像
什么地方有人匆忙把棺材钉……

给谁?——昨天是夏;今天秋已临降!
这神秘的声响好像催促登程。

二
我爱你长晴碧辉,温柔的美人,
可是我今朝觉得事事尽堪伤,
你的爱情和妆室,和炉火温存,
看来都不及海上辉煌的太阳。

然而爱我,温柔的心!做个慈母,
纵然是对刁儿,纵然是对逆子;
恋人,或妹妹,请你做光耀的秋
或残阳底温柔,由它短暂如此。

短工作!坟墓在等;它贪心无厌!
啊!容我把我的头靠在你膝上,
怅惜着那酷热的白色的夏天,
去尝味那残秋的温柔的黄光。

枭鸟

上有黑水松做遮障,
枭鸟们并排地栖止,
好像是奇异的神祇,
红眼射光。它们默想。

它们站着一动不动
一直到忧郁的时光;
那时候,推开了斜阳,
黑暗将把江山一统。

它们的态度教智者
在世上应畏如蛇蝎:
那芸芸众生和活动;

对过影醉心的人类
永远地要受罚深重——
为了他曾想换地位。

音乐

音乐时常飘我去,如在大海中!
　　　向我苍白的星
在浓雾荫下或在浩漫的太空,
　　　我扬帆望前进;

胸膛向前挺,又鼓起我的两肺,
　　　好像张满布帆,
我攀登重波积浪的高高的背——
　　　黑夜里分辨难。

我感到苦难的船的一切热情
　　　在我心头震颤;
顺风,暴风和临着巨涡的时辰,

　　　它起来的痉挛
摇抚我。——有时,波平有如大明镜,
　　　照我绝望孤影!

快乐的死者
在一片沃土中,那里满是蜗牛,
我要亲自动手掘一个深坑洞,
容我悠闲地摊开我的老骨头,
而睡在遗忘里,如鲨鱼在水中。

我恨那些遗嘱,又恨那些坟墓;
与其求世人把一滴眼泪抛撒,
我宁愿在生时邀请那些饥鸟
来啄我的贱体,让周身都流血。

虫豸啊!无耳目的黑色同伴人,
看自在快乐的死者来陪你们;
会享乐的哲学家,腐烂的儿子。

请毫不懊悔地穿过我臭皮囊,
向我说,对于这没灵魂的陈尸,
死在死者间,还有甚酷刑难当!

裂钟

又苦又甜的是在冬天的夜里，
对着闪烁又冒烟的炉火融融，
听辽远的记忆慢腾腾地升起，
应着在雾中歌唱的和鸣的钟。

幸福的是那口大钟，嗓子洪亮，
它虽然年老，却矍铄而又遒劲，
虔信地把它宗教的呼声高放，
正如那在营帐下守夜的老兵。

我呢，灵魂开了裂，而当它烦闷
想把夜的寒气布满它的歌声，
他的嗓子就往往会低沉衰软，

像被遗忘的伤者的沉沉残喘——
它在血湖边，在大堆死尸下底，
一动也不动，在大努力中垂毙。

烦闷（一）
我记忆无尽，好像活了一千岁，

抽屉装得满鼓鼓的一口大柜——
内有清单，诗稿，情书，诉状，曲词，
和卷在收据里的沉重的发丝——
藏着秘密比我可怜的脑还少。

那是一个金字塔，一个大地窖，
收容的死者多得义冢都难比。
我是一片月亮所憎厌的墓地，
那里，有如憾恨，爬着长长的虫，
老是向我最亲密的死者猛攻。

我是旧妆室，充满了凋谢蔷薇，
一大堆过时的时装狼藉纷披，
只有悲哀的粉画，苍白的蒲遂
呼吸着开塞的香水瓶的香味。

当阴郁的不闻问的果实烦厌，

在雪岁沉重的六出飞花下面，
拉得像永恒不朽一般的模样，
什么都比不上跛脚的日子长。
从今后，活的物质啊，你只是
围在可怕的波浪中的花岗石，
瞌睡在笼雾的沙哈拉的深处；
是老斯芬克斯，浮世不加关注，
被遗忘在地图上——阴郁的心怀
只向着落日的光辉清歌一快！

烦闷（二）

当沉重的低天像一个盖子般
压在困于长闷的呻吟的心上，
当他围抱着天涯的整个周圈
向我们泻下比夜更愁的黑光；

当大地已变成了潮湿的土牢——
在那里，那"愿望"像一只蝙蝠般，
用它畏怯的翅去把墙壁打敲，
又用头撞着那朽腐的天花板；

当雨水铺排着它无尽的丝条
把一个大牢狱的铁栅来模仿，
当一大群沉默的丑蜘蛛来到
我们的脑子底里布它们的网，

那些大钟突然暴怒地跳起来，
向高天放出一片可怕的长嚎，
正如一些无家的飘泊的灵怪，
开始顽强固执地呻吟而叫号。

——而长列的棺材,无鼓也无音乐,
慢慢地在我灵魂中游行;"希望"
屈服了,哭着,残酷专制的"苦恼"
把它的黑旗插在我垂头之上。

风景

为要纯洁地写我的牧歌,我愿
躺在天旁边,像占星家们一般,
和那些钟楼为邻,梦沉沉谛听
它们为风飘去的庄严颂歌声。
两手托腮,在我最高的顶楼上,
我将看见那歌吟冗语的工场;
烟囱,钟楼,都会的这些桅樯,
和使人梦想永恒的无边昊苍。

温柔的是隔着那些雾霭望见
星星生自碧空,灯火生自窗间,
烟煤的江河高高地升到苍穹,
月亮倾泻出它的苍白的迷梦。
我将看见春天,夏天和秋天,
而当单调白雪的冬来到眼前,
我就要到处关上窗扉,关上门,
在黑暗中建筑我仙境的宫廷。

那时我将梦到微青色的天边,

花园，在纯白之中泣诉的喷泉，
亲吻，鸟儿（它们从早到晚地啼）
和田园诗所有最稚气的一切。
乱民徒然在我窗前兴波无休，
不会叫我从小桌抬起我的头；
因为我将要沉湎于逸乐狂欢，
可以随心任意地召唤回春天，
可以从我心头取出一片太阳，
又造成温雾，用我炙热的思想。

盲人们

看他们，我的灵魂；他们真丑陋！
像木头人儿一样，微茫地滑稽；
像梦游病人一样地可怕，奇异，
不知向何处瞪着无光的眼球。

他们的眼（神明的火花已全消）
好似望着远处似的，抬向着天；
人们永远不看见他们向地面
梦想般把他们沉重的头垂倒。

他们这样地穿越无限的暗黑——
这永恒的寂静底兄弟。哦，都会！
当你在我们周遭笑，狂叫，唱歌，

竟至于残暴，尽在欢乐中沉醉，
你看我也征途仆仆，但更麻痹，
我说："这些盲人在天上找什么？"

我没有忘记

我没有忘记，离城市不多远近，
我们的白色家屋，虽小却恬静；
它石膏的果神和老旧的爱神
在小树丛里藏着她们的赤身；
还有那太阳，在傍晚，晶莹华艳，
在折断它的光芒的玻璃窗前，
仿佛在好奇的天上睁目不闪，
凝望着我们悠长静默的进膳，
把它巨蜡般美丽的反照广布
在朴素的台布和哔叽的帘幕。

那赤心的女仆

那赤心的女仆,当年你妒忌她,
现在她睡眠在卑微的草地下,
我们也应该带几朵花去供奉。
死者,可怜的死者,都有大痛苦;
当十月这老树的伐枝人嘘吹
它的悲风,围绕着他们的墓碑,
他们一定觉得活人真没良心,
那么安睡着,暖暖地拥着棉衾,
他们却被黑暗的梦想所煎熬,
既没有共枕人,也没有闲说笑,
老骨头冰冻,给虫豸蛀到骨髓,
他们感觉冬天的雪在渗干水,
感觉世纪在消逝,又无友无家
去换挂在他们墓栏上的残花。

假如炉薪啸歌的时候,在晚间,
我看见她坐到圈椅上,很安闲,
假如在十二月的青色的寒宵,
我发现她蜷缩在房间的一角,

神情严肃,从她永恒的床出来,
用慈眼贪看着她长大的小孩;
看见她凹陷的眼睛坠泪滚滚,
我怎样来回答这虔诚的灵魂?

亚伯和该隐

一

亚伯的种,你吃,喝,睡;
上帝向你微笑亲切。

该隐的种,在污泥水
爬着,又可怜地绝灭。

亚伯的种,你的供牲
叫大天神闻到喜欢!

该隐的种,你的苦刑
可是永远没有尽完?

亚伯的种,你的播秧
和牲畜,瞧,都有丰收;

该隐的种,你的五脏
在号饥,像一只老狗

亚伯的种，族长炉畔，
你敞开你的肚子烘；

该隐的种，你却寒战，
可怜的豺狼，在窟洞！

亚伯的种，恋爱，繁殖！
你的金子也生子金。

该隐的种，心怀燃炽，
这大胃口你得当心。

亚伯的种，臭虫一样，
你在那里滋生，吞刮！

该隐的种，在大路上
牵曳你途穷的一家。

二
亚伯的种，你的腐尸

会壅肥了你的良田!

该隐的种,你的大事
还没有充分做完全;

亚伯的种,看你多羞:
铁剑却为白梃所败!

该隐的种,升到天宙,
把上帝扔到地上来!

穷人们的死亡

这是"死",给人安慰,哎!使人生活
这是生之目的,这是唯一希望——
像琼浆一样,使我们沉醉,振作;
使我们有勇气一直走到晚上;

透过飞雪,凝霜,和那暴风雨,
这是我们黑天涯的颤颤光明;
这是记在簿录上的著名逆旅,
那里可以坐坐,吃吃,又睡一顿:

这是一位天使,在磁力的指间,
握着出神的梦之赐予和睡眠,
又替赤裸的穷人把床来重铺;

这是神祇的光荣,是神秘的仓。
是穷人的钱囊和他的老家乡,
是通到那陌生的天庭的廊庑!

入定

乖一点，我的沉哀，你得更安静，
你吵着要黄昏，它来啦，你瞧瞧：
一片幽暗的大气笼罩住全城，
与此带来宁谧，与彼带来烦恼。

当那凡人们的卑贱庸俗之群，
受着无情刽子手"逸乐"的鞭打，
要到奴性的欢庆中采撷悔恨，
沉哀啊，伸手给我，朝这边来吧，

避开他们。你看那逝去的年光，
穿着过时衣衫，凭着天的画廊，
看那微笑的怅恨从水底浮露，

看睡在涵洞下的垂死的太阳，
我的爱，再听温柔的夜在走路，
就好像一条长殓布曳向东方。

声音

我的摇篮靠着书库——这阴森森
巴贝尔塔,有小说,科学,词话,
一切,拉丁的灰烬和希腊的尘,
都混合着。我像对开本似高大。
两个声音对我说话。狡狯,肯定,
一个说:"世界是一个糕,蜜蜜甜,
我可以(那时你的快乐就无尽)
使得你的胃口那么大,那么健。"
别一个说:"来吧!到梦里来旅行,
超越过可能,超越过已知!"
于是它歌唱,像沙滩上的风声,
啼唤的幽灵,也不知从何而至,
声声都悦耳,却也使耳朵惊却。
我回答了你:"是的!柔和的声音!"
从此后就来了,哎!那可以称作
我的伤和宿命。在浩漫的生存
布景后面,在深渊最黑暗所在,
我清楚地看见那些奇异世界,
于是,受了我出神的明眼的害,

我曳着一些蛇——它们咬我的鞋。
于是从那时候起，好像先知，
我那么多情地爱着沙漠和海；
我在哀悼中欢笑，欢庆中泪湿，
又在最苦的酒里找到美味来；
我惯常把事实当作虚谎玄空
眼睛向着天，我坠落到窟窿里。
声音却安慰我说："保留你的梦：
哲人还没有狂人那样美丽！"

译后记：对于我，翻译波特莱尔的意义有这两点：

第一，这是一种试验，来看看波特莱尔的坚固的质地和精巧纯粹的形式，在转变成中文的时候，可以保存到怎样的程度。第二点是系附的，那就是顺便让我国的读者们能够多看到一点他们听说了长久而见到得很少的，这位特殊的近代诗人的作品。

为了使波特莱尔的面目显示得更逼真一点，译者曾费了极大的，也许是白费的苦心。两国文字组织的不同和思想方式的歧异，往往使同时显示质地并再现形式的企图变成极端困难，而波特莱尔所给与我们的困难，又比其他外国诗人更难以克服。然而，当作试验便是不顾成败，只要译者曾经努力过，那就是了。显示质地的努力是更隐藏不显，那再现形式的努力却更容易看得出来。把 alexandrin, décasyllabe, octosyllabe 译作十二言、十言、八言的诗句，把 rimes suivies, rimes embrassées, rimes embrassées 都照原样押韵，也许是笨拙到可笑（波特莱尔的商籁体的韵法并不十分严格，在全集七十五首商籁体中，仅四十七首是照正规押韵的，所以译者在押韵上也自由一点）；韵律方面呢，因为单单顾着 pied 也已经煞费苦心，所以波特莱尔所常用的 rythme quaternaire, trimétre 便无可奈何地被忽略了，而代之以宽泛的平仄法，是否能收到类似的效果也还是疑问。这一些，译者是极希望各方面的指教的。在文字的理解上，译者亦不过尽其所能。误解和疏忽虽竭力避免，但谁知道能达到怎样的程度？

波特莱尔在中国是闻名已久了的，但是作品译成中文的却少得很。散文诗 *Le Spleen de Paris* 有两种译本，都是从英文转译的，因而自然和原作有很大的距离；诗译出的极少，可读的更不多。可以令人满意的有梁宗岱、卞之琳、沈宝基三位先生的翻译（最近陈敬容女士也致力于此），可是一共也不过十余首。这部小书所包涵的比较多一点，但也只有二十四首，仅当全诗十分之一。从这样少数的翻译来欣赏一位作家，其所得是很有限的（因而从这点点作品去判断作者，当然更是不可能的事了），可是等着吧，总之译者这块砖头已经抛出来了。

对于指斥波特莱尔的作品含有"毒素"，以及忧虑他会给中国新诗以不良的影响等意见，文学史会给与更有根据的回答，而一种对于波特莱尔的更深更广的认识，也许会产生一种完全不同的见解。说他曾参加二月革命和编《公众幸福》这革命杂志，这样来替他辩解是不必要的，波特莱尔之存在，自有其时代和社会的理由在。至少，拿波特莱尔作为近代 classic 读，或是用更时行的说法，把他作为文学遗产来接受，总可以允许了吧。以一种固定的尺度去度量一切文学作品，无疑会到处找到"毒素"的，而在这种尺度之下，一切古典作品，从荷马开始，都可以废弃了。至于影响呢，波特莱尔可能给与的是多方面的，要看我们怎样接受。只要不是皮毛的模仿，能够从深度上接受他的影响，也许反而是可喜的吧。

译者所根据的本子是一九三三年巴黎 Editions de Cluny 出版的限定本（Le Dantec 编校）。梵乐希的《波特莱尔的位置》一文，很能帮助我们去了解波特莱尔，所以也译出来放在这小书的卷首。[1]

> 戴望舒记
> 一九四七年二月十八日
> 据《恶之华掇英》,怀正文化社,1947年

注释:
1 《波特莱尔的位置》一文置于《恶之华掇英》卷首,本书限于篇幅,未收录。——编者注

西班牙

沙里纳思

无题

夜间的水,朦胧的蛇,
幼小的呼啸和无人识的罗盘方位;
什么日子雪,什么日子海?对我说。
什么日子云,
你自己的回音和干涸的河床?
对我说。
——我不对你说:你在嘴唇间据有了我,
我给你以吻,但并非光明。
但愿你有了夜的同情已足够
而其余的遗给暗影,
因为我并不是为了
什么也不问的嘴唇的干渴而生的。

海岸

如果不是那

它在远方为自己创造的

纤弱的,洁白的水沫的蔷薇,

谁会来对我说

它动着胸膛呼吸,

它是生活着,

它内心有一片热情,

它需要整个世界,

这青色的,宁静的,七月的海?

Far West

怎样的八千里的风啊!
你不看见一切如何地飞?
你不看见玛佩儿的
那些飘忽的马,
那闭着澄明之眼的
女骑士,
她,风,逆着风?
你不看见,
那颤战的窗帏,
这飘飞的纸片,
和那在她和你之间
被风所剥夺了的寂寞?

是的,我看见。
我只看见而已。
这片风
是在彼岸,
是在我未践踏过的土地的
迢遥的夕暮中。

它挥动着

无何处的枝叶,

她吻着

无何人的嘴唇。

这不是风,

是死去的风的肖像,

而我却并没有认识它,

而它已葬在年老的空气,

死去的空气的

宽旷的墓场中了。

我看见它,而不感到它。

它在那边,在它自己的世界中,

电影中的风,这片风。

物质之赐

在稠密的黑暗之间,
世界是黑色的:虚无。
忽然,从一个飞突
——直的形,曲的形——
火焰推动它生活。
辉煌的水晶,榉树,
它们有怎样的快乐
成为光的,线条的,成为
活着的明耀和脉络的!
当火焰熄了的时候
飘忽的现实,
这个形,那个颜色
都消逝了
它们生活在此地或在怀疑中?
一个怀乡病慢慢地升起来,
不是月底,不是恋爱底,
不是无限底。
桌上一个水瓶的怀乡病。
它们在着吗?

我寻找他们在那里。
刈除暗影的手
摸索着。在黑暗中，
焦虑追随着迷茫的印迹。
突然，像一个火焰，
一个最高的快乐
从黑色升起：接触的光。
它达到了确实底世界。
它触着寒冷坚硬的水晶，
触着辛涩的木头。
它们在着！
无色的耳聋的完善的生活
向我证实它自己，
我感觉事它安堵，无光：
深切的现实，总体。

夜之光

夜间，我在想着

那边的白昼，

那边，这个夜是白昼。

那里是在迎太阳而开着

百花的快乐的小阳伞下，

而现在照着我的，

却是瘦瘦的月。

这里的周遭，

虽然一切都那么平静，

那么沉寂，那么幽暗，

我却看见那些轻快的人们

——匆忙，鲜明的衣衫，笑——

充分享受地不断

消耗着这他们所有的光，

这当有人在那边说：

"已经是夜了"的时候

就要为我所有的光。

现在

我处身的这个夜，

你贴近着我
那么睡沉沉又那么无太阳的夜，
在这个
夜和睡眠的月光里
我想着那有我
看不见的光的
你的梦的彼岸。
那里是白昼，而你散着步
——你在睡眠中微笑——
带着这片那么快乐，那么是花的
开着的微笑，
竟至夜和我都觉得
它决不会是这里的。

更远的讯问

我不是盲人，
你并非不在，
我为什么问你在哪里？
我看见你
走来走去，
看见你，看见那终于化为声音的
你的颀长的身体，
像火焰终于化为烟一样，
在空气中，难以捉摸。

于是，我问你，是的，
于是我问你是什么的，
是谁的；
而你张开了手臂
并把你的颀长的
形体给我看
又对我说你是我的。

而我却问着你，永远地。

译者附记：《无题》译自《占兆集》（一九二三年马德里 León Sanchez Cuesta 书店版），《海岸》、"Far West"、《物质之赐》译自《可靠的偶然集》（一九二九年马德里西方杂志社版），《夜之光》和《更远的讯问》译自《寓言和符号》（一九三一年马德里 Plutarco 书店版）。

附：关于沙里纳思

一　他的生活

贝德尔·沙里纳思（Pedro Salinas）于一八九二年十一月二十七日生于马德里。他曾在中央大学的法科和文哲科肄业。于一九一七年得文学博士学位。在一九一八年，他在塞维拉大学任西班牙语言文学教授，以后，又在摩尔西亚大学讲授西班牙语言文学。从一九一四年至一九一七年，他在巴黎大学文科担任西班牙文讲师之职，而在从一九二二年至一九二三年，他又在剑桥大学做讲师。现在，他是桑当德尔（Santander）的玛格达莱拿国际暑期大学的秘书长。在一年中其余的时候，他住在马德里，担任中央语言学校的教授之职。

除了他所熟识的国家法国和英国以外，他旅行过差不多全部中欧和南欧，并在这些国家的大学中讲学。他经常的住处是马德里。在赛维拉他居留了八年——这给与了他很深的影响。有时他是在那熟稔的莱房德（Levante），有时他远游到北非洲去。他已结了婚。

他的艺术家之禀赋启发得很早，可是作品却发表得很迟。他常常在《西班牙》上撰稿（一九一五），后来又常在《笔志》（*La Pluma*）上执笔。此外，他又是一位很好的文学史家。

二 他的著作

诗集有《占兆》（*Presagios* 一九二三），《可靠的偶然》（*Seguso Azer* 一九二九），《寓言和符号》（*Fábula y Signo* 一九三一），《悬空的恋爱》（*Amor en Vilo* 一九三三），《得之于你的声音》（*La Voz a Ti Debida* 一九三四）。

散文有《享乐的晚祷》（*Vispera del Gozo* 一九二六）。

其他著述有《熙德诗篇》（*Poema del Cid*）的今文译本（一九二五），《梅兰代思·伐尔台思之诗歌》（*Poesias de Meléndez Voldés*）之注释本（一九二六），以及缪赛、梅里美、泊罗思特、孟戴尔朗等法国作家的著作的译本。

三 他对于诗的意见

"诗存在或不存在；这便是一切。如果它是存在的，那么它便带着那样的当然性，那样的至尊而不顾一切的安堵性而存在着，以至我觉得任何防御都是不必要的了。它的微妙，它的绝端的细致，便是它的伟大而无敌的具体，它的抵抗和它的胜利。因此我认为诗是本质地不必防御的东西。而且，正确地连带说来，它显然是本质地不可攻击的。诗唯有自己解释；否则它就不能解释。对于一篇诗的一切注解，都是对于它周围的那些分子而发的：作风，文字，情感，愿望，但却不是对于诗本身。诗是一种对于'绝对'的冒险。它到达得近一点或远一点，它路走得多一点或少一点；如此而已。应该一任冒险自然行进，带着危险，或然性，以及一掷的这整个的美。'Uh coup dedés jamais n'abolira le hasard' 我的意思并不是说诗并不知道它所愿意的东西；一切诗都多少知道它自己所愿意的是什么；可是它不知道它所为自己做的东西的全部。甚于在虚无之中，在诗里应该用这种潜伏而神秘的，积聚在字眼中，在下面，用字眼变装着，包容在内，但却有爆发性的力量说着。应该特别用 Le malentendu 这个表现之最高的形式去说。当一首诗写好了的时候，它便结束，但并非完成了；它开始，它在它自身中，在作者那里，在读者那里，在沉默中找寻另一首诗。有许多时候，一首诗向它自己启示，很快地在它自己的内部发现一种料想不到的用意。辉煌，整个辉煌。这和明洁是不可同日而语的——诗的那么许多了不起的读者们所愿望的这明洁。在诗中，我特别重视真。其次是美。然后是才智。我称例如华尔特·赛味祺·兰陀（Walter Savage Landor）是才智的诗人。我称例如龚高拉（Góngora）、马拉尔美（Mauarmé）是美的诗人。我称例如圣·黄·德·拉·克鲁思（San Juan de la Cruz）、歌德、黄·拉蒙·熙美奈思（Juan Ramón Jiménez）是真的诗人。我认为对于诗和诗人们相对价值之一切论争都是全然无用的。一切诗都是无匹的，唯一的，像光或沙粒一样。

"我的诗是由我的诗解释的。我从来也不知道用别的方法去解释它，我也未作此想过。我还要写更多的诗这个思想之所以使我高兴着，正就是为了继续向我自己解释我的诗的这个趣味。可是我老是有把握地相信，我永远不会写出那全部解释出整个和一切之终结的诗的诗来的。这便是说，就有着这个最切确的希望：永远对于不可解者施行着手术。这便是我的谦卑。"

本辑据《新诗》1936年11月第2期

狄戈

西罗斯的柏树

阴影和梦的笔立的喷泉,
你用长矛困恼着高天。
几乎射着了众星的火箭,
疯狂固执地尽自在飞溅。

寂寞的桅樯,古怪的岛民,
信心的矢,希望的指针,
今天我带给你,亚朗萨的河津,
我的漫游无主的灵魂。

当我看见你,温和,坚定,寂寥,
我怎样焦急想把自己融消,
变成水晶,升上去,像你一般,

像你这黑塔一般,只影高竖,
你这垂直的狂悦的例范,
西罗斯热忱中的缄默的柏树。

不在此地的女人

不在此地的女人
镂在时间上的音乐的雕刻,
我正在模塑那半身像,
脚没有了,脸儿消失。
肖像画也不能用它的化学
给我固定那正确的瞬息。
那是无尽的旋律中的
一个死灭了的静寂。
不在此地的女人,
融化着的盐的雕像,
有形无质的痛创。

反映

在这乳白色的河中
船儿并不在河床上做梦

像一只饥饿的手套
日子从我手指上脱逃

我不断地消损消损
但云石却在我胴体里歌吟

     一个迢遥的车轮
     给我把古昔的言语
     掩藏住又变作温存

我雕像底丰腴的液体流淌
而那些船儿低昂荡漾
     系缆在黎明上

杜爱罗河谣

杜爱罗河，杜爱罗河，
没有人伴你向前流；
没有人停下来谛听
你的永恒的水底歌讴。

不知是冷漠还是卑怯，
对着你，城市背脸相向。
它不愿在你的镜里
看见它没有牙齿的城墙。

老杜爱罗河，你微笑着，
在你的银色的须间，
一边把收剩的谷麦，
用你的谣曲来磨碾。

而在那些石头的圣人，
和魔法的白杨树间，
你经过，在你的波里带着
恋爱的语言，语言。

谁能像你一样，
安静而同时向前推，
永远唱着同样的诗句，
但却用着不同的水。

杜爱罗河，杜爱罗河，
没有人和你一起向前流，
没有人愿意来注意
你被遗忘的永恒的歌讴。

除非是那些恋人们——
他们问着，从他们的灵魂间，
又撒播在你的波沫里，
恋爱的语言，语言。

据《新诗》1947 年 10 月 1 卷 4 期

不眠

你和你裸体的梦。你不知解。
你睡着。不。你不知解。我不合眼,
而你,无邪的人,你在长天下睡眠。
你向着你的梦,而船向着海。

在空间的囚牢,大气的钥匙
给你把我锁闭,监禁,劫夺。冰霜,
千片叶上的空气的结晶。不。没有飞翔
能高举一直到你,我的飞鸟的翼翅。

知道你睡着,安稳,可靠
——纵任的高傲的原因,纯粹的线条——
那么接近我的被捆绑住的手臂。

岛民底奴隶境遇,多么可怖可恐;
我,失眠,疯狂,陷在礁矶,
船向着海,你向着梦。

秋千

把世界的户枢作坐骑
一个梦想者玩着是非戏

五颜六色的雨
流到恋爱的国土寄寓

  花卉成群如鸟
是的花卉   非的花卉

  风中的那些小刀
  把它的肉碎成一条条
  搭成了一座桥
是   非

  梦想者骑在马背上
  丑角的瓦雀

唱着是   唱着非

胡加河谣曲

碧色，碧色，碧色的水流，
胡加河的迷人的水流，
在你摇篮时已看见你的山松，
把你映照得碧油油。

——圣赛巴斯谛昂的树林，
在阴暗的山地上繁滋，
它们在腰肋上受了伤，
渗漏出金色的流脂。

你给那碧色的半臂，
碧色的眼睛，碧色的月魄，
给那些蜜蜂窠——这温柔底
小宫殿——映照成碧色。

你显着碧色——你从波沫间
透露出来的初度的羞颜——
因为你梦想，梦想着（那么娇小）
那地中海的好姻缘。

白杨，那么许多白杨，
都为了你的缘故自尽，
倒下来敲碎你碧色，碧色的
宝盒底碧色的水晶。

纯银装就的古安加，
想在你那里照她玉体的皓素，
伸长了身体，踮起了脚，
踏着她的三十根圆柱。

不要尽想着你的结婚，
不要想啊，你这样碧晶晶，
胡加河的水啊，却要染成蓝，
染成紫，又染成青。

不要那么匆匆地染上
那些不是你的色彩。
你的唇儿将有盐味来，
你的乳房将有糖味来。

而你此时却这样碧,这样碧——
何处是那些半臂和月光
松树,白杨和高塔,
和你胡加河上游的梦想?

译后记:狄弋自传:"我在一八九六年十月三日生于桑当德尔。于德伍斯多(比尔巴奥)从耶稣会士学哲学和文学。在沙拉芝加大学及玛德里大学获得文学硕士学位。从一九二〇年起,任国立中学教授,讲授文学,在索里亚者二年,在希洪者八年,在桑当德尔者一年。现在(一九三四年)在玛德里国立维拉思葛斯中学任讲师。

"到过差不多西班牙全国,巴黎和德国的几个角隅。在一九一八年,旅行过阿根廷共和国和乌拉圭。在西班牙和美洲的许多城市中,我作过好多关于诗歌、文学和音乐的演讲。我未尝是一个早熟的作家。我的开始是再光彩也没有了,因为在获得了加力哈出版社所颁发给我的教育文学奖金之后,接着我就在一九一八年在同一出版社出版的《一般杂志》上写文章,厕身于荷马、爱斯基罗、莎士比亚、拉西纳、狄思加奈陀和莫雷诺·维拉之间了。就在这一年中,我开始尝试写诗。由于我的《人间的诗》,我和阿尔倍谛两人分得了一九二四年至一九二五年的国家文学奖金。

"我相信使我的趣味和我的诗受影响的,是几位古典作家,特别是那位我所崇拜的洛贝,在我的同时代的作家之间,是智利人维生德·乌伊道勃罗和那从比尔巴奥的时代起就和我成为知已的胡昂·拉雷阿。对于我的诗成长也有影响的,是我对于大自然,对于绘画,特别是对于音乐的爱好。"

他的诗见:"我曾经在演讲中,论文中和著述中,繁长地陈述过我的往时和现在的诗的信条。这里我只把我的诗的新定义集合一起,按着诗神的数目列成九条:

一、诗是'是'和'否':他本身之中是'是',而我们之中是'否'。那从她之中排除出来的东西——我知道是什么——托生于整个赝伪和矫作的族系之中,托生于文学的魔鬼之中,所以只有它是诗的反叛而污秽的坠落天神。

二、诗是自北至南——想象——知识,自东至西——感觉——爱的十字路。

三、诗不是代数,她是数学,纯粹数学。代数是哲学。文学至多是应用数学,商业数学,会议学。

四、诗是凭借着祈祷,爱的流溢,想象的自由创意或纯哲理的思想的,用语言的创造。

五、从生活史上说来,诗是从阿尔岂美代思这话里得到

她的原始：'诗是那自动地占据着人类具体热情的一个体积——差不多整个灵魂——所让出的空间的，相等的精神切望的体积。'

六、诗是人的神明光耀的影子。没有人，她不会存在，然而，她却导引着他，而且可说启发着他。

七、诗发着闪电，而诗人仍然把那惊骇的雷拿在手里——他的炫目的震响的诗章。

八、诗为诗人而存在于一切之中，只除了他自己的诗句。这是那永远过于迅速地达到定点的不可见的爱之追求者。在一切诗章中，诗'曾经存在'，但现在已不存在了。我们感到她的不在的新近的热气，和她的赤裸的肉体的湿的模塑。

九、相信我们所没有看见过的东西，据说那就是信仰。创造我们永不会看见的东西，这就是诗。"

他的诗集有：《恋人的谣曲集》（一九二〇），《意象集》（一九二二），《索里亚集》（一九二三），《水沫手册》（一九二四），《人间的诗》（一九二五），《苦路》（一九三一），《爱克斯和赛特的故事》（一九三二），《特意的诗篇》（一九三二）。

诗选和散文有：《乌比拿伊沙佩儿女士之死的牧歌》（一

九二四),《龚高拉纪念诗选》(一九二七),《西班牙现代诗选》(一九三二),《重编西班牙现代诗选》(一九三四)。

他还创办了一种诗的小杂志:《加尔曼》。虽则只出了七期,但在西班牙现代诗坛中,却有很重要的地位。

阿尔倍谛

什么人

什么人扫着
又唱着
又扫着
(侵晓的木屐)。
什么人
推着门。
多么可怕,
母亲!

(啊,那些在风的舆床上,
在一只帆船中的人们
在这个时候去耕耘大海!)
什么人扫着
又唱着
又扫着。

一匹马离开去,
把它的脚印在
街路的回音中。
多么可怕,
母亲!

有人叫门吧!
父亲会穿着长袍
缓缓地走着
显身出来吧!……
多么可怖,
母亲!

什么人扫着
 　　　又唱着
 　　　　又扫着。

数字天使

带着方规和圆规的
处女们,注视着
天的黑板。

而数字的天使,
沉思地,翱翔着,
从 1 到 2,从 2
到 3,从 3 到 4。

寒冷的粉笔和揩布
划出又抹去
空间底光。

没有日、月,没有星,
没有光线和闪电的
突然的绿色,
没有空气,只有雾。

没有方规和圆规的

处女们啼哭着。
而在那些死去的黑板上，
数字的天使，
没有生命，穿了殓衣
在1和2上
在3上，在4上……

邀赴青空

我邀你,影子,到青空去。
二十世纪的影子,
到青空,青空,
青空底,青空底真实去。

影子,你永远不走出
你的窟穴,
你没有把吹息还给世界,
这是在你生时,那青空,
那青空,青空,青空给你的。

没有光的影子,
埋藏在二十个坟底,
二十个空洞的世纪
底深处,没有青空,
没有青空,青空,青空。
影子,影子
到青空,青空,青空底,
青空底真实之高峰去。

译后记：阿尔倍谛（Rafael Alberti）自传："我在一九〇二年十二月十六日生于圣玛丽港（加第斯）的一个信奉天主教的有产家庭中。在本港的耶稣会士中学中读到三年级，像费囊陀·维拉龙（Fernando Villalon），和黄·拉蒙·西美奈思（Juan Ramon Jimenez）在他们的时代一样。加第斯海港的风景和那些早年，对于我的全部作品起着很深的影响。"

……

"一九一七年我的家庭移到马德里以后，我便弃学士学位而学画。在一九二二年，我在阿德奈奥（Ateneo）开了一个展览会。不久之后，因为健康的关系，我不得不住到瓜达拉马和路德山间去，而在那里写了我最初的诗。这些诗集成一个题名为《地上的水手》的集子，得到了国家文学奖金（一九二四——一九二五）。我什么职业也没有，那就是说，我仅仅是诗人。我到过差不多全西班牙各地，在一九三一年，得到广学会（Funta de Ampliacion de Estudios）的资助，我到过法兰西和德意志。我和内人一起漫游欧洲大部分国家，并在苏联居留了三月。现在我住在马德里。"

他的著作：诗集有《地上的水手》（*Marinero en Tierra* 一九二五），《恋女》（*La Amante* 一九二六），《洛阳花的黎明》（*El Alba de Alheli* 一九二七），《石灰与沙石》（*Cal y*

Canto 一九二九),《天使论》(Sobre los Angeles 一九二九),《对于圣母的两篇祷辞》(Dos Oraciones ta Virgen 一九三一),《门禁》(Consignas 一九三三),《一个幽灵漫游欧罗巴》(Un Fantasma Recorre Europa 一九三三)。戏曲有《费尔明·加朗》(Fermin Galan 一九三一),《脱掉衣服的人》(El Hombre Deshahitado 一九三一)等。

译者附记:《盗贼》自《地上的水手》译出,《什么人》自《洛阳花的黎明》译出,《邀赴青空》和《数字的天使》自《天使论》译出。

阿尔陀拉季雷

一双双的小船

一双双的小船,
像曝在太阳下的
风中的屐,

我和我的影子,直角。
我和我的影子,翻开的书。

在沙滩上,
像大海的沉舟残片,
一个孩子睡着。

我和我的影子,直角。
我和我的影子,翻开的书。

更远一点,渔夫们
拉着黄色的

酰渍的绳索。

我和我的影子,直角。
我和我的影子,翻开的书。

我的梦没有地方

我的梦没有地方
可以让你生活。没有地方。
一切是梦。你会沉落。
你是生活的,
到别处去生活吧。
如果我的思想是像
铁或石,你可以留着。
可是它们是火又是云,
这便是混沌初开
还没有人居的世界。
你不能生活。没有地方。
我的梦会燃烧了你。

微风

小麦的高高的叶子
好像互相追逐着。
受着羁縻的
稠密的绿色的奔驰,
永不能像水一样
在河里奔流,
它们永远会在四壁间
勒住它们的喧嚣。
它们来去寻问
却遇不到那已失去的。
它们互相击撞,践踏,
无知觉地来来往往,
撞着空气的墙,
它们绿色的身体受了伤。

裸体

你黄色的触觉的天
覆盖了
热情和音乐的
幽玄的花园。
高高的血的长春藤
围抱着你的骨骼。
灵魂的抚爱
——战栗中的微风——
变动了你一切。
你的皮肤是怎样的
含羞而美丽的黄昏
和疲倦!
你像是一个没有光辉
而从太阳接受着
你周围的光的行星。
唯有在你脚下是夜。
你是音乐的樊笼,
是那在你每一个动作中
欲脱而不能,

而像一个孩子似的
露面在你明眸的晶窗中的
被幽囚的音乐的樊笼。

在镜子里

在镜子里照一照你自己,

然后看你的这些遗忘了的肖像,

你往昔的美丽之落英,

我要给你绘一幅新的肖像,

将你从你的现在采撷下来;

而当你已消隐了,只是

缥缈的香,只是灵魂和记忆时,

我将把你的这些肖像

装在那没有花的茎上,

来看你像香一样地氤氲,

像形一样地残留在这地上。

译者附记:《一双双的小船》译自《受邀的岛集》(一九二六年马拉加出版),《我的梦没有地方》和《微风》译自《惩戒集》,《裸体》和《在镜子里》译自《诗的生活集》。这最后的两个集子均是一九三〇年出版的《诗志》的附刊诗册。

附：关于阿尔陀拉季雷

一　他的生活

马努爱尔·阿尔陀拉季雷（Manuel Altolaguirre）于一九〇五年六月二十九日生于马拉加（Málaga）。法学硕士。旅行过法兰西、比利时、瑞士。一九三〇年至一九三一年，他留居在巴黎。他是一位极好的印刷家，他亲自刊印他的书籍和杂志，在一九二七年至一九二九年，他和诗人泊拉陀思（Prades）一起创《滨海》（Litoral）杂志和出版部，接着在马德里独力创办《诗志》（Poesia），后来又和龚娃·曼黛思（Concha Méndes）合办《英雄》（Heroe），最近始废刊。

二　他的自白

"在我有生以来这二十八年中我做了些什么呢？我极愿意获得它们，记起一切，甚至我的不幸，因为它是我的。我一向过着闭户的生活……如果我不像世人一样地生活在四壁之间，却像那有着完全的生涯而无时间的天使一样，鸟儿一样地生活在空中，那么我便会什么都记得。我丧了母亲，死了一个儿子。我已娶了妻。我旅行过欧洲并特别在马拉加（我是在那里生的）、马德里（我是在那里结婚的）、巴黎和伦敦居住过。我不得不从事于我所不喜好的东西：打字术、法学、新闻学、语言……并从事于我所喜好的事：我是我小小的印刷所的工匠。我信仰上帝，因此他是存在的。（我是在耶稣会教士那儿受教育的。）"

三　他的著作

诗集有《受邀的岛》（*Las Islas Invitadas* 一九二六），《例范》（*Ejemplo* 一九二七），《惩戒》（*Eslarmient* 一九三〇），《诗的生活》（*Vida Poetica* 一九三〇），《不可见者》（*La Invisible* 一九三〇），《一天》（*Un Dia* 一九三一），《爱》（*Amor* 一九三一），《邻近的寂寞》（*Soledades Juntas* 一九三一），《迟缓的自由》（*La Lenta Libertad* 一九三三）等。

戏曲有《完全无缺的生活》（*Vidas Completas*），《两种民众之间》（*Entre dos Publicos*），《如果你愿意就责罚我吧》（*Castigadme, si Guereis*）等，均未刊。

杂著有《西班牙浪漫诗选》（*Antologia de la Poesia Romantica Espanola* 一九三二），《加尔西拉梭·德·拉·维加传》（*Garcilaso de la Vega* 一九三三）等，其余作品，散见于各大杂志。

四　他对于诗的意见

"正和任何恋爱的表现一样，诗可以是一种希望和一种创造，而诗人呢，正和任何在恋爱中的人一样，需要睁大了眼睛看生活，因为它是最好的诗神，这样他终于会现实了他的作品。

"我的诗所受的主要的影响是黄·拉蒙·熙美奈思(Juan Ramon Jimenez)的诗，我的诗支持着路易思·德·龚高拉(Luis de Góngora)的诗，我的诗显得是贝德尔·沙里纳思(Pedro Salinas)的诗的小弟。此外，爱密留·泊拉陀思(Emilio Prados)、维山德·阿莱克桑德雷(Vicente Aleixandre)和路易思·赛尔努达(Luis Cernuda)对于我的文学和为人的修养都有直接的影响……还有，可以作为那存在于诗和生活间的联合的最好的证据的，是我的妻子龚蛇·曼黛思(Concha Méndez)，这位使我起无限的敬意的女诗人，她是一切活动的参议和刺戟。"

本辑据《新诗》1937年3月第6期

迦费亚思

马德里

一

破碎的家屋
和完整的心的马德里,
让我用一双张开的眼
仔细地凝望你。
让我用长长的,
迟迟的目光凝望你,
触遍你的皮肤,
又透到你的骨里。
你肉体上的每一个疮痍,
在我的胸头开一道伤痕。
你的每一滴眼泪,
从我失明的眼里飘零,
啊,你这上天下地
都迎纳死亡的城。
让我仔细的凝望,

因为我要把你的记忆
天长地久地
藏在我的心底。

二
在炮火中,妇女们喧哗,
在炮火中,男子们劳动,
在炮火中,老人们休息,
而儿童们游戏,也在炮火中。

严肃,刻苦,郑重,
他们在炮火之中。

没有畏惧,没有浮夸,
不休止,却也从容,
按着正确的韵律,
按着他们日常生活的正统,
——命运的正统——
在炮火之中。

三

在因失眠而红肿的眼皮上,
像一座铅山一样
沉重地压着的
五百夜的守望,
叫马德里站立着,
在一片瓦砾的座子上,
独对着周围的耻辱,
和眼前的死亡。

它的态度多么安静,
它的眼睛多么清澄——
梦已不再守住它们,
休息已不再麻烦它们。

站在它的肺腑上面,
(水门汀也没有这样坚牢)
它凝望着它的儿女们
在光荣的觉醒中喧噪。

巴黎流着
它的奸雄的眼泪。
伦敦在它的雾里
披着它黄金的光辉。

马德里等待又等待。
在它的瓦砾的座子上面，
没有了它的灯火的颈链，
在它的残碎的云石之间，
它等待，等待，
又从它的肩头凝望外界。

译后记：作者贝德罗·迦费亚思是西班牙的新诗人，从炮火中熏陶出来的诗人。在叛军起事之前，他还是默默无闻的，现在，他已置身于阿尔倍谛、阿尔陀拉季夫、赛尔奴达等名诗人之间了。他在维拉弗朗加大队任政治委员之职。他的第一个诗集《战争之诗》是由瓦棱西亚的军事委员会出版的，《马德里》就是该集中的一首。

费特列戈·迦尔西亚·洛尔伽

洛尔伽诗钞

海水谣

在远方,
大海笑盈盈。
浪是牙齿,
天是嘴唇。

不安的少女,你卖的什么,
要把你的乳房耸起?

——先生,我卖的是
大海的水。

乌黑的少年,你带的什么,
和你的血混在一起?

——先生,我带的是

大海的水。

这些咸的眼泪,
妈啊,是从哪儿来的?

——先生,我哭出的是
大海的水。

心儿啊,这苦味儿
是从哪里来的?

——比这苦得多呢,
大海的水。

在远方,
大海笑盈盈。
浪是牙齿,
天是嘴唇。

译自《诗篇(1918—1921)》

小广场谣

    孩子们唱歌
    在静静的夜里:
    澄净的泉水,
    清澈的小溪!
孩子 你的神圣的心
    甚么使它欢喜?
我 是一阵钟声
    消失在雾里。
孩子 让我们唱歌吧,
    在这小广场里,
    澄净的泉水
    清澈的小溪!

    你那青春的手里
    拿着甚么东西?
我 一枝纯白的水仙。
    一朵血红的玫瑰。
孩子 把它们浸在
    古谣曲的水里。

澄净的泉水,
清澈的小溪!

你有甚么感觉
在你那又红又渴的嘴里?
我 我觉得的是
我这大头颅骨的滋味。
孩子 那么就来饮取
古谣曲的静水。
澄净的泉水,
清澈的小溪!

为甚么你要走去
和小广场这样远离?
我 因为我要去寻找
魔法师和公主王妃!
孩子 是谁把诗人的道路
指示给你?
我 是古谣曲的
泉水和小溪。

孩子　难道你要走得很远
　　　　离开海洋和陆地?
我　　我的丝一般的心里
　　　　充满了光明,
　　　　充满了失去的钟声,
　　　　还有水仙和蜜蜂。
　　　　我要走得很远,
　　　　远过这些山,
　　　　远过这些海,
　　　　一直走到星星边,
　　　　去求主基利斯督
　　　　还给我
　　　　被故事传说培养成熟的
　　　　那颗旧日的童心,
　　　　和鸟羽编的帽子,
　　　　以及游戏用的木剑。
孩子　让我们唱歌吧
　　　　在这小广场里,
　　　　澄净的泉水,
　　　　清澈的小溪!

给风吹伤的

枯干的凤尾草

叶上的大眸子,

在为死掉的叶子哭泣。

译自《诗篇(1918—1921)》

木马栏
——赠霍赛·裴尔伽明

节庆的日子
在轮子上盘桓。
木马栏把它们带去,
又送它们回来。

青的圣体节。
白的圣诞节。

日子天天过去,
像蝮蛇蜕皮,
但是节日,
唯一的破例。

我们的老母亲
都这样过她们的节庆
她们的夜晚
是缀金叶的闪缎长裙。

青的圣体节。
白的圣诞节。

木马栏回旋着,
钩在一颗星上。
像地球五大洲的
一枝郁金香。

孩子们骑在
装成豹子的马上,
好像是一颗樱桃,
他们把月亮吞下。

生气吧,马可·波罗[1]!
在一个幻想的转轮上,
孩子们看见了遥远的
不知名的地方。

青的圣体节。
白的圣诞节。

译自《歌集(1921—1924)》

注释:
1 马可·波罗,意大利旅行家,曾于十三世纪经历许多国家东来我国,约二十年后西归。

猎人

在松林上,
四只鸽子在空中飞翔。

四只鸽子
在盘旋,在飞翔。
掉下四个影子,
都受了伤。

在松林里,
四只鸽子躺在地上。

译自《歌集(1921—1924)》

塞维拉小曲

——赠索丽妲·沙里纳思

橙子林里,

透了晨曦,

金黄的小蜜蜂,

出来找蜜。

蜜呀蜜呀

它在哪里?

蜜呀蜜呀

它在青花里,

伊莎佩儿,

在那迷迭香花里。

(描金的小凳子

给靡尔小子。

金漆的椅子
给他的妻子。)

橙子林里，
透了晨曦。

译自《歌集（1921—1924）》

海螺

——给纳达丽妲·希美奈思

他们带给我一个海螺。

它里面在讴歌
一幅海图。
我的心儿
涨满了水波,
暗如影,亮如银,
小鱼儿游了许多。

他们带给我一个海螺。

译自《歌曲(1921—1924)》

风景

——赠丽妲,龚查,贝贝和加曼西迦

苍茫的夜晚,
披上了冰寒。

朦胧的玻璃窗后面,
孩子们全都看见
一株黄色的树
变成了许多飞燕。

夜晚一直躺着
顺着河沿,
屋檐下在打颤,
一片苹果的羞颜。

译自《歌集(1921—1924)》

骑士歌

哥尔多巴城。
辽远又孤零。

黑小马,大月亮,
鞍囊里还有青果。
我再也到不了哥尔多巴,
尽管我认得路。

穿过平原,穿过风,
黑小马,红月亮。
死在盼望我
从哥尔多巴的塔上。

啊!英勇的小马!
啊!漫漫的长路!
我还没到哥尔多巴,
啊,死亡已经在等我!

哥尔多巴城。
辽远又孤零。

译自《歌集(1921—1924)》

树呀树

树呀树,
枯又绿。

脸儿美丽的小姑娘
正在那里摘青果,
风,高楼上的浪子,
来把她的腰肢抱住。

走过了四位骑士,
跨着安达路西亚的小马,
披着黑色的长大氅,
穿着青绿色的短裤。
"到哥尔多巴来呀,小姑娘。"
小姑娘不听他。

走过了三个青年斗牛师,
腰肢细小够文雅,
佩着镶银的古剑,
穿着橙色的短裤。

"到塞维拉来呀,小姑娘。"
小姑娘不理他。

暮霭转成深紫色,
残阳渐暗渐西斜,
走过了一个少年郎,
带来了月亮似的桃金娘和玫瑰花。
"到格拉那达来呀,小姑娘。"
小姑娘不睬他。

脸儿美丽的小姑娘,
还在那里摘青果,
给风的灰色的胳膊,
把她腰肢缠住。

树呀树,
枯又绿。

译自《歌集(1921—1924)》

冶游郎

冶游郎,
小小的冶游郎。
你家里烧着百里香。

不用调笑,不用彷徨
我已把门儿锁上。

用纯银的钥匙锁上。
把钥匙系在腰带上。

腰带上有铭文一行:
我的心儿在远方。

你别再到我街上散步。
一切都教风吹过。

冶游郎,
小小的冶游郎。
你家里烧着百里香。

译自《歌集(1921—1924)》

小夜曲

——献祭洛贝·特·维迦[1]

在河岸的两旁,
夜色浸得水汪汪,
在罗丽妲的心头,
花儿为爱情而亡。

　　花儿为爱情而亡。

在三月的桥上,
裸体的夜在歌唱。
罗丽妲在洗澡,
用咸水和甘松香。

　　花儿为爱情而亡。

茴香和白银的夜
照耀在屋顶上。
流水和明镜的银光。
你的大腿的茴香。

花儿为爱情而亡。

译自《歌集(1921—1924)》

注释:
1 洛贝·特·维迦(1562—1635),西班牙戏剧家。

哑孩子

孩子在找寻他的声音。
(把它带走的是蟋蟀的王。)

在一滴水中
孩子在找寻他的声音。

我不是要它来说话,
我要把它做个指环,
让我的缄默
戴在他纤小的指头上。

在一滴水中
孩子在找寻他的声音。

(被俘在远处的声音。
穿上了蟋蟀的衣裳。)

译自《歌集(1921—1924)》

婚约

从水里捞起
这个金指箍。

(阴影把它的手指
按住了我的肩窝。)

把这金箍捞起,我的年纪
早已过了百岁。静些!

一句话也别问我!

从水里捞起
这个金指箍。

译自《歌集(1921—1924)》

最初的愿望小曲

在鲜绿的清晨,
我愿意做一颗心。
一颗心。

在成熟的夜晚,
我愿意做一只黄莺。
一只黄莺。

(灵魂啊,
披上橙子的颜色。
灵魂啊,
披上爱情的颜色。)

在活泼的清晨
我愿意做我
一颗心。

在沉寂的夜晚,
我愿意做我的声音。

一只黄莺。

灵魂啊,
披上橙子的颜色吧!
灵魂啊,
披上爱情的颜色吧!

译自《歌集（1921—1924）》

水呀你到哪儿去?

水呀你到哪儿去?
我顺着河流,
一路笑到海边去。

海呀你到哪里去?

我向上面的河流
找个地方歇脚去。

赤杨呀,你呢,你做甚么?

我对你甚么话也没有,
我呀……我颤抖!

我要甚么,我不要甚么,
问河去还是问海去?

(四只没有方向的鸟儿,
在高高的赤杨树上。)

译自《歌集(1921—1924)》

两个水手在岸上
——寄华金·阿米戈

一

他在心头养蓄
一条中国海里的鱼。

有时你看见它浮起
小小的,在他眼里。

他虽然是个水手,
却忘记了橙子和酒楼。

他对着水直瞅。

二

他有个肥皂的舌头,
洗掉他的话又闭了口。

大陆平坦,大海起伏,

千百颗星星和他的船舶。

他见过教皇的回廊,
古巴姑娘的金黄的乳房。

他对着水凝望。

译自《歌集(1921—1924)》

三河小谣

瓜达基维河
在橙子和橄榄林里流。
格拉那达的两条河,
从雪里流到小麦的田畴。

哎,爱情呀,
一去不回头!

瓜达基维河,
一把胡须红又红。
格拉那达的两条河,
一条在流血,一条在哀恸。

哎,爱情呀,
一去永随风!

塞维拉有条小路
给帆船通航。
格拉那达的水上,

只有叹息在打桨。

　　哎,爱情呀,
　　　一去不回乡!

瓜达基维河的橙子林里,
高阁凌空,香风徐动。
陶洛和赫尼尔[1]的野塘边,
荒废的小楼儿孤耸。

　　哎,爱情呀,
　　　一去永无踪!

谁说水会送来
一个哭泣的磷火!

　　哎,爱情呀,
　　　一去不回顾!

带些橄榄,带些橙花,

安达路西亚,给你的海洋。

哎,爱情呀,
一去永难忘!

译自《深歌诗集(1921)》

注释:
1 陶洛和赫尼尔河即格拉那达的两条河。

村庄

精光的山头

一片骷髅场。

绿水清又清

百年的橄榄树成行。

路上行人

都裹着大氅,

高楼顶上

风旗旋转回往。

永远地

旋转回往。

啊,悲哀的安达路西亚

没落的村庄!

译自《深歌诗集(1921)》

吉他琴

吉他琴的呜咽
开始了。
黎明的酒杯
破了。
吉他琴的呜咽
开始了。
要止住它
没有用,
要止住它
不可能。
它单调地哭泣,
像水在哭泣,
像风在雪上
哭泣。
要止住它
不可能。
它哭泣,是为了
远方的东西。
要求看白茶花的

和暖的南方的沙。
哭泣,没有鹄的箭,
没有晨晓的夜晚,
于是第一只鸟
死在枝上。
啊,吉他琴!
心里刺进了
五柄利剑。

译自《深歌诗集(1921)》

梦游人谣

绿啊,我多么爱你这绿色。
绿的风。绿的树枝。
船在海上,
马在山中。
影子裹住她的腰,
她在露台上做梦。
绿的肌肉,绿的头发,
还有银子般沁凉的眼睛。
绿啊,我多么爱你这绿色。
在吉卜赛人的月亮下,
一切东西都看着她,
而她却看不见它们。

绿啊,我多么爱你这绿色,
繁星似的霜花
和那打开黎明之路的
黑暗的鱼一同来到。
无花果用砂皮似的枝叶
摩擦着风,

山像野猫似的耸起了
它的激怒了的龙舌兰。
可是谁来了？从哪儿来的？
她徘徊在露台上，
绿的肌肉，绿的头发，
在梦见苦辛的大海。
——朋友，我想要
把我的马换你的屋子，
把我的鞍辔换你的镜子，
把我的短刀换你的毛毯。
朋友，我是从喀勃拉港口
流血回来的。
——要是我办得到，年轻人，
这交易一准成功。
可是我已经不再是我，
我的屋子也不再是我的。
——朋友，我要善终在
我自己的铁床上，
如果可能，
还得有荷兰布的被单。

你没有看见我
从胸口直到喉咙的伤口？
——你的白衬衫上
染了三百朵黑玫瑰，
你的血还在腥气地
沿着你的腰带渗出。
但我已经不再是我，
我的屋子也不再是我的。
——至少让我爬上
这高高的露台；
允许我上来！允许我
爬上这绿色的露台。
月光照耀的露台，
那儿可以听到海水的回声。

于是这两个伙伴
走上那高高的露台。
留下了一缕血迹。
留下了一条泪痕。
许多铅皮的小灯笼

在人家屋顶上闪烁。
千百个水晶的手鼓,
在伤害黎明。
绿啊,我多么爱你这绿色,
绿的风,绿的树枝。
两个伙伴一同上去。
长风留给他们嘴里
一种苦胆,薄荷和玉香草的
稀有的味道。
朋友,告诉我,她在哪里?
你那个苦辛的姑娘在哪里?
她等候过你多少次?
她还会等候你多少次?
冷的脸,黑的头发,
在这绿色的露台上!

那吉卜赛姑娘
在水池上摇曳着。
绿的肌肉,绿的头发,
还有银子般沁凉的眼睛。

一片冰雪似的月光
把她扶住在水上。
夜色亲密得
像一个小小的广场。
喝醉了的宪警
正在打门。

绿啊，我多么爱你这绿色。
绿的风，绿的树枝。
船在海上，
马在山中。

译自《吉卜赛谣曲集（1924—1927）》

不贞之妇

于是我把她带到河滨,
只道她是个闺女,
谁知她已经成婚。

在圣雅各节[1]的晚上,
好像什么都预先安排定。
街灯完全熄灭,
唯有蟋蟀在闪耀起劲。
在幽僻的城隅,
我把她沉睡的乳房摸扪,
它们忽然为我开花,
好像是鲜艳的玉簪两茎。
她的浆过的短裙
在我耳朵里猎猎有声,
宛如十柄尖刀
在割裂一幅缭绫。
没有银光照到的树顶,
仿佛也高了几分。

离开河滨很远的地方，
野狗吠声狺狺。

我们走过了木莓丛，
也走尽了芦苇和荆榛，
她那美丽的发髻，
在地上压成一个泥坑。
我解下领带，
她也脱下衣裙。
我除掉腰带和手枪，
她也退下四重小衫和紧身。
任是甘松香和海螺，
都比不上她肌肤滑润，
月光下的水晶，
也没有这般光莹。
她的大腿忽然在我身下挣开，
像两条鱼儿似的泼剌跳蹦。
它们一半儿充满火焰，
一半儿充满了寒冷。

我骑着螺钿般光洁的小牝马,
没有镫也不用缰绳,
那晚上我跑过了
世界上最好的路程。
她对我说的话,我是男子,
不愿意说给人听。
理解的光芒已教我
做人要千万留神。
她身上沾了泥沙和亲吻,
让我陪着离开了河滨。
那时簌簌的夜风正在
和蝴蝶花的剑刃斗争。

我的行为是堂堂正正,
一个地道的吉卜赛人。
我送她一个大针线盒子,
用麦黄色的缎子做成。
但是我不愿意爱她,
因为她虽然已经成婚,

却对我说还是个闺女,

当我把她带到河滨。

译自《吉卜赛谣曲集(1924—1927)》

注释:

1 圣雅各节在七月二十五日,雅各是耶稣十二门徒之一,为西班牙人所崇奉。

安东尼妥·艾尔·冈波里奥在塞维拉街上被捕

安东尼奥·陶莱斯·艾莱第亚[1],
冈波里奥家的子孙,
到塞维拉去看斗牛,
手里拿了个柳木棍。
像碧月一样的棕黑,
他慢慢地走,多么英俊,
他那些光亮的卷发,
飘拂着他的眼睛。
他采了几个柠檬,
在半路上一时高兴,
一个个丢到水里,
看它们浮泛黄金。
于是从一株榆树底下,
闪出来几名宪警。
半路上把他拦住,
拉着胳膊将他抓去。

白天过得好慢,
一个肩膀上挂着黄昏,

仿佛在把一件宽大的短褂
披上大海和溪汀。
橄榄树正在静待
摩羯宫降下夜分。
铅灰色的峰峦上,
驰来了尖风一阵。
安东尼奥·陶莱斯·艾莱第亚,
冈波里奥家的子孙,
走在五顶三角帽[2]中间,
手里没有了柳木棍。

安东尼奥,你是哪一等人?
如果你说是冈波里奥的子孙,
你就该把他们鲜血,
像五道水泉直喷。
你既不是谁的儿子,
也不像真正的冈波里奥子孙。
如今已没有吉卜赛人,
敢独自走进山林。
他们往昔用过的刀子,

在尘土里愤愤不平。

晚上九点钟，

他们把他送进牢门。

而那些宪警，

正在把柠檬汁笑饮。

晚上九点钟，

他们把他关进牢门。

那时天光亮亮的，

像驹马的后臀。

译自《吉卜赛谣曲集（1924—1927）》

注释：

1　这是一个吉卜赛青年的名字，"安东尼妥·艾尔·冈波里奥"即"冈波里奥家的小安东尼奥"。这青年曾无辜为宪警所侮辱与逮捕。又为了维持"家声"，和他的族人斗争而死。此诗及下一首均咏此人。
2　宪警戴的是一种三角帽，故西班牙人民就用"三角帽"代表宪警。

安东尼妥·艾尔·冈波里奥之死

死的声音响起,

在瓜达基维河附近。

古老的声音围绕着

雄健的紫罗兰的声音。

他在他们的靴上

咬了许多野猪的齿印。

他在这场搏斗中

跳得像个滑溜的海豚。

他在敌人的血里

洗他红色的领巾。

可是敌人有四柄尖刀,

他就只能输定。

当星光在灰白的水上

戳进了刺牛的矛刃,

当犊子梦见了

丁香花的圣巾[1],

死的声音响起,

在瓜达基维河附近。

安东尼奥·陶莱斯·艾莱第亚,

不愧为冈波里奥家的子孙。

碧月一样的棕黑,

雄健的紫罗兰的声音。

"谁送了你的性命,

在瓜达基维河附近?"

"是四个艾莱第亚,我的表亲,

他们是伯那梅希的居民。

他们妒我忌我,

偏不妒忌别人:

象牙雕镂的鸡心[2],

还有这光泽的皮肤,

橄榄和茉莉揉成。"

——啊,冈波里奥家的安东尼妥,

配得上一位女君!

你要记住圣女处,

因为你就要归阴。

——啊,费特列戈·迦尔西亚,

快去报告宪警!

我的腰肢已经折断,

像一枝玉蜀黍的根茎。

淌着三道血流,

他侧身死去,只见半个面形。

就像一个活的钱币,

再也不能回生。

一个天使大步前来,

把他的头搁上垫枕。

几个疲乏羞愧的天使,

给他点上一盏油灯。

当他这四位表亲,

回到伯那梅希城,

死的声音消逝

在瓜达基维河附近。

译自《吉卜赛谣曲集(1924—1927)》

注释:

1 圣巾,原文是 veronicas,据中世纪传说,耶稣临难的时候,路上有一个少女递给他一块面巾擦汗。耶稣擦完还给原主,面巾上便印有耶稣的面像。这里圣巾喻西班牙人斗牛时所用的红巾。

2 鸡心,原文是 medallónes,佩挂在身上的一种小盒子。为趁韵故,译作"鸡心"。

西班牙宪警谣

黑的是马。
马蹄铁也是黑的。
他们大氅上闪亮着
墨水和蜡的斑渍。
他们的脑袋是铅的
所以他们没有眼泪。
带着漆皮似的灵魂
他们一路骑马前来。
驼着背,黑夜似的,
到一处便带来了
黑橡胶似的寂静
和细沙似的恐怖。
他们随心所欲的走过,
头脑里藏着
一管无形手枪的
不测风云。

啊,吉卜赛人的城市!
城角上挂满了旗帜。

月亮和冬瓜
还有蜜渍的樱桃。
啊,吉卜赛人的城市!
谁能看了你而不记得?
悲哀和麝香的城,
耸起着许多肉桂色的塔楼。
到了夜色降临,
黑夜遂被夜色染黑,
吉卜赛人在他们的冶场里
熔铸着太阳和箭矢。
一匹重伤的马
敲遍了所有的门。
玻璃做的雄鸡啼鸣
在海莱士[1]附近。
裸体的风从一个
想不到的角上刮起
在这白金的夜里,
黑夜遂被夜色染黑。

圣处女和圣约瑟

遗失了他们的响板,
来寻找吉卜赛人
问他们可曾找到。
圣处女穿了市长太太的
用朱古律包纸做的衣裳
还戴一圈杏仁的念珠。
圣约瑟动着他的胳膊
在一件缎子大氅底下。
背后走的是贝特洛·杜美克[2]
还跟着三位波斯的苏丹。
半规圆月在梦中
高兴得像一只白鹤。
旗帜和街灯
侵入了屋顶的平台。
腿股细瘦的舞人
都在镜子里呜咽。
水和影,影和水,
在海莱士附近。

啊,吉卜赛人的城市!

城角上挂满旗帜。
熄掉你们的绿光吧,
功臣[3]来了!
啊,吉卜赛人的城市!
谁能看了你而不记得?
(让她远离大海
没有梳子给她分披头发。)[4]

他们两两成行的前进,
来到节日的城市,
长春草[5]的簌簌声,
在他们子弹带里响起,
他们两两成行的前进,
黑衣的夜色配了双档。
他们以为繁星的天
是一个装马距的玻璃橱。

这个被惊慌赶空的城市
打开了无数门户。
四十名宪警

进去大肆劫掠。
时钟都停止了,
瓶里的高涅克酒
装出十一月的神色
为了免得引起疑心。
风旗滴溜溜旋转
发出尖锐的惊叫。
佩刀挥劈生风
许多人头遭殃。
沿着半明半暗的街路
吉卜赛老妇人四处狂奔
牵着她们的打盹的马
驮着丰满的钱罐。
灾星似的大氅
向高高的坡路跑上,
只留下在背后
一阵剪刀似的旋风。

吉卜赛人都聚集在
伯利恒门口,

圣约瑟满身是伤,
在给一个姑娘包扎殓布。
顽固的枪声又尖又响,
震穿了整个黑夜,
而圣处女还在给孩子们
用星星的口涎止痛敷伤。
但那些宪警
还要来散播火花,
从这里,年轻而裸体的
幻想便着火焚烧。
冈波里奥家的露莎
在她门口呻吟倒下。
她两个乳房已被割掉
在一个茶盘里盛放。
还有些逃奔的姑娘,
好像辫子也在追她,
在这爆发着黑火药做的
玫瑰花的空气中跑过。
当所有的屋顶平台
都成为地里的沟渠,

黎明耸着它的肩膀

现出一个巨大的冷酷的侧影。

啊,吉卜赛人的城市!
宪警已经从一个
静静的隧道里走远,
而你的四周还都是火焰。

啊,吉卜赛人的城市!
谁能看了你而不记得?
让他们到我脑门里来找你
这一出月亮和沙的游戏。

译自《吉卜赛谣曲集(1924—1927)》

注释:

1 海莱士是南方临海的一个城市,全名"海莱士·特·拉·弗朗代拉",意即"边境上的海莱士"。原诗用全名,译文从略。

2 贝特洛·杜美克是著名的白葡萄酒的创始人,就在海莱士酿造的。

3 功臣(benemérita)是人民对宪警的讽刺称号。

4 这两行恐是旧有民谣里的尾句,用来补足音节的。

5 长春草(siemprevivas)是一种不易枯萎的植物,通常种在墓地里。

圣女欧拉丽亚的殉道

——历史故事谣曲

一　美里达[1]全景

长尾巴的马

在街上奔驰腾跳，

几个罗马老兵

正在赌钱或睡觉。

米奈华[2]的半座山林

张开他无叶的手臂相邀，

给崖石边镀金的

是悬泉一道。

那闪着断鼻梁的星星的。

胴体横陈的残宵，

只等候黎明开个罅缝

它便完全塌倒。

戴红冠的雄鸡

不时在聒噪。

圣贞女一声长叹

把水晶的杯子碎掉。

转轮磨尖了弯钩,
也把锋利给了小刀:
铁砧的雄牛在哞叫,
美里达便把木莓的荆条
和半醒的玉簪花
编成的皇冠戴好。

二　殉道

裸体的馥罗拉[3],
从水的小台阶升上。
执政官要一个盘子,
来盛欧拉丽亚的乳房。
一丝青绿的筋络,
从她咽喉里喷漾。
她的性器官还在乱抖,
像小鸟被困在丛莽。
地上扭动着被砍下的双手,
已经是不成模样,
虽然还能微弱地合拢
做着未完的祈祷不放。

从两个鲜红的窟窿里,
那里原来是她的乳房,
可以看见许多小小的天,
和乳白的溪涧成行。
一千株血的小树,
遮住她整个肩膀,
又把湿淋淋的树身,
和火焰的尖刀相向。
皮色灰白,整夜不眠的
那些黄衣的百夫长,
把他们雪亮的干戈
戛响着耸到天上。
当马鬃和利剑的热情,
在混乱地挥扬震荡,
执政官用盘子盛起
欧拉丽亚的热烘烘的乳房。

三 地狱和荣光

波浪似的雪停着,
欧拉丽亚吊在树上。

她的焦炭似的裸体
把霜风染成黑相。
长夜在闪闪生光,
欧拉丽亚死在树上。
各个城里的墨水瓶
都在把墨水徐徐流漾。
黑衣人,像裁缝的模型,
遮没了地上的雪霜,
排成漫长的行列,
哀哭他静默的残伤。
破碎的雪已在降落,
白色的欧拉丽亚吊在树上。
镍的部队把他们的利喙
攒集在她身旁。

一道圣体的毫光
在烧残的天上放彩,
一边是溪涧的咽喉,
一边是夜莺的花彩。
打碎这些彩色玻璃窗!

欧拉丽亚在白雪里显得雪白。

天使和九品天神正在三呼：

圣哉，圣哉，圣哉。

译自《吉卜赛谣曲集（1924—1927）》

注释：
1　美里达，西班牙地名，圣女的生长地。
2　米奈华，罗马神话中的女神，执掌黎明与知识。
3　馥罗拉，罗马神话中的花神，这里指圣女。

伊涅修·桑契斯·梅希亚思挽歌[1]

一 摔和死[2]

在下午五点钟。

恰恰在下午五点钟。

一个孩子拿了一条白被单

在下午五点钟。

一箩化熟的石灰

在下午五点钟。

此外便是死,只有死

在下午五点钟。

风吹落了棉花

在下午五点钟。

氧化物散播着结晶体和镍

在下午五点钟。

现在是鸽子和豹格斗

在下午五点钟。

也是一条腿对一只凶残的角

在下午五点钟。

一支歌曲的迭唱起奏
在下午五点钟。
砒素和烟的钟声
在下午五点钟。
所有的角落里是一群群静默
在下午五点钟。
所有的心头里都只有这头斗牛
在下午五点钟。
就像雪上冒出汗来
在下午五点钟。
当斗牛场上盖满了碘酒
在下午五点钟。
死在他伤口里下了卵
在下午五钟点。
在下午五点钟。
恰恰在下午五钟点。

一辆柩车是他的床
在下午五点钟。
骨头和笛子在他耳朵里响

在下午五点钟。

那头斗牛已在额角里哞叫

在下午五点钟。

屋子里耀着苦痛的晕光

在下午五点钟。

一个水仙花似的喇叭

在下午五点钟。

已经从远处来腐蚀他的青筋

在下午五点钟。

他的伤口像太阳似的焚烧

在下午五点钟。

群众打破了许多窗子

在下午五点钟。

在下午五点钟。

啊,在下午那个可怕的五点钟!

这是在所有的钟上都是五点的时光!

这是在下午的暝色中五点的时光!

二 流出的血

我不要看它!

叫月亮赶快升起,
因为我不要看伊涅修的血
流在斗牛场上。

我不要看它!

愈来愈明的月亮,
静静的云里的马,
和梦境似的灰色斗牛场,
那儿木栏上还插着杨柳。
我不要看它!
只望我的记忆起火烧光!
赶快去通知那些
小小的白色的茉莉花!

我不要看它!

旧世界的母牛
把她那悲哀的舌头
舔着一个溅在沙地上的

血渍斑斑嘴吻
那些纪孙陀斗牛,
一半如死,一半化了石,
哞叫得好像两世纪以来
在地上践走的厌烦。
不啊。
我不要看它!

伊涅修走上梯阶,
整个死亡压在他肩上。
他要寻找黎明,
黎明却再也不来。
他要寻找他准确的侧面像,
可是一个梦哄了他。
他要寻找他的俊美的躯体,
碰到的却是流溢出来的血。
别叫我去看它!
我不要觉得这些血的喷溅,
每次都在衰弱下去;
也不要看它照亮了

观众的座位,还落在
如渴如狂的观众的
呢绒和皮革上。
谁说我应当来看?
我不要看它!

当他看见牛角临近
他的眼睛眣也不眣
但恐怖的母亲们
都抬起了头
于是穿过牧场
来了一个秘密的声音
这就是牧人们在灰白的雾里
呼唤他们宝贝的牛的声音。

塞维拉没有一位王爷
能比得上他,
也没有一柄剑比得上他的,
也没有他那样一颗热心。
他的惊人的膂力

像一条狮子的洪流,
他的细致如画的机敏
像一尊大理石的胴体雕像。

安达路西亚式的罗马的风
给他头上镀了金,
这个头颅的微笑,
是一枝智慧的玉簪花。
在场上他是个多伟大的斗牛师!
在山上他是个多卓越的爬山家!
他对麦穗多么温和!
对马距又多么刚强!
在露水里多么娇嫩!
在节日里又多么光辉!
对黑暗的最后一枝短矛
又显得多么惊人!

但是现在他长眠了。
现在苔藓和青草
正在用坚决的手指

拨开他髑髅的花。

他的血已经唱歌而去：

在沼泽和草原上唱着歌，

滑落在变硬了的牛角里，

丧魂落魄地在雪地里蹒跚，

颠踬在它的无数蹄印里

像一个巨大，朦胧而悲哀的舌头

要在繁星灿烂的瓜达基维河边

挖出一个苦痛的潭子。

啊，白色的西班牙城墙！

啊，黑色的悲哀的牡牛！

啊，伊涅修的固执的血！

啊，他的血脉里的黄莺！

不啊。

我不要看它！

没有一只苦爵能盛它，

也没有燕子来喝它，

没有光亮的霜能冻结它。

没有歌曲，没有水仙的洪水，

也没有结晶体能给它盖上银光。

不啊。
我不要看它!

三　存在的肉体

石头是一个做着梦喃喃小语的额角,
那儿没有曲折的泉流和冰冻的扁柏。
石头是一个肩膀,它负荷着时间搁上来的
眼泪的树林和绶带和行星。

我看见灰白的雨水伸出温柔的手臂
像筛下来似的注入洪涛,
为了不给这僵硬的石头所狩获——
它分散它们的肢体但不喝他们的血。

因为这石头所狩获的是种籽和云片,
云雀的骸骨和黄昏的豺狼;
可是它并不发出火花和音响,
只造成斗牛场,斗牛场,没有围墙的斗牛场。

现在这名门子弟伊涅修已挺在石头上。

他已经完了。怎么回事?看他的脸;
死已经把惨白的硫黄盖在上面,
他的头已经变成一个模糊的牛魔。

什么都完了。雨水流进他的嘴里,
气息疯狂似的从他凹陷的胸膛里冲出。
爱情,浸湿在他的雪一般的眼泪里,
在牧牛场的顶上溶化。

他们怎么说?一个发臭的静默躺在这里。
我们身边正有一个存在的肉体在化掉,
一个曾经和夜莺做伴的光明的肉体,
现在我们看它充满了无底的创伤。

谁弄皱了这殓布?他说的话不作准!
这儿没有人唱歌,也没有人在角落里哭泣,
没有人夹踢马距,也没有人惊吓蛇虫。
这儿我要的只是圆睁着的两眼
来看这个没有休息希望的肉体。

我要在这里看见声音刚强的人,
那些能够降服野马和大江的人,
那些躯干响朗的人,和那些
用一张充满了太阳和燧石的嘴唱歌的人。

我要在这里看见这些人,在这块石头面前,
在这个缰绳已经断了的肉体面前,
我要他们告诉我,还有什么解救,
这个被死缠住了的好汉。

我要他们教我一个挽歌,像一条
有温柔的雾和陡峭的岸的河流,
可以把伊涅修的尸体漂失掉,
从此不听见那些斗牛的喘息。

让他消失在这个给月亮照圆的斗牛场上——
这年轻的月亮摹拟着一头临难不动的畜生。
让他消失在没有一条鱼歌唱的夜里,
消失在有冻住的烟雾的白色芦苇里。

不要在他脸上盖上毛巾：
我要他认识那带走他的死亡。
伊涅修，你不再听到热烘烘的牛哞。
睡吧，飞吧，休息吧！就是海也要死的！

四 逝去的灵魂

斗牛不认识你了，无花果树也不认识你，
马也不认识你，你家里的蚂蚁也不认识你，
孩子也不认识你，黄昏也不认识你，
因为你已经长逝。

石头的腰肢也不认识你，
你的遗体躺在那儿腐烂的黑缎也不认识你，
连你自己的无声的记忆也不认识你了，
因为你已经长逝。

秋天会得回来，带了它的小海螺，
雾似的葡萄和群集的山峰，
但是谁也看不到你的眼睛，
因为你已经长逝。

因为你已经长逝，

像世界上一切死者一样。

像一切跟一群善良的狗，

一同被遗忘的死者一样。

没有人认识你了，可是我歌唱你。

我要追颂你的形象和你的优雅风度，

你的著名的纯熟的技能，

你对死的意欲，你对它的唇吻的渴想，

以及你的勇猛的喜悦底下隐藏着的悲哀。

我们将等待好久，才能产生，如果能产生的话，

一个这样纯洁，这样富于遭际的安达路西亚人。

我用颤抖的声音歌唱他的优雅，

我还记住橄榄树林里的一阵悲风。

译自《伊涅修·桑契斯·梅希亚思挽歌（1935）》

注释：

1 伊·桑·梅希亚思是西班牙最负盛名的斗牛师，同时也是文人，是作者的朋友。他到了中年，本是已经退休，不再斗牛，但因为不愿老

死于床席上，故重操旧业，再度加入斗牛师的队伍，在几个月的胜利复业之后，终于为一头斗牛摔死。此诗所叙，即是此事。

2 "摔"是斗牛的术语，原文是 cogida，就是牛用角把斗牛师挑起来，摔出去。

安达路西亚水手的夜曲

从喀提思到直布罗陀,
多么好的小路。
海从我的叹息,
认得我的脚步。

哎,姑娘啊姑娘,
多少船停在马拉迦港!

从喀提思到塞维拉,
多少的小柠檬!
柠檬树从我的叹息,
知道我的行踪。

哎,姑娘啊姑娘,
多少船停在马拉迦港!

从塞维拉到加尔莫那,
找不出一柄小刀,
好砍掉半个月亮,

叫风也受伤飞跑。

哎,孩儿啊孩儿,
看波浪带走我的马儿!

在死去的盐场边,
爱人啊,我把你忘记,
让要一颗心的人,
来问我为甚么忘记。

哎,孩儿啊孩儿,
看波浪带走我的马儿!

喀提思,不要走过来,
免得大海淹没你。
塞维拉,脚跟站牢些,
别让江水冲掉你。

哎呀姑娘!
哎呀孩子!

美好的小路多么平,
多少船在港里和海滨,
多么冷!

　　　　　　　　译自《杂诗歌集》

短歌

——赠格劳提奥·纪廉,时在塞维拉,他还是一个孩子

在月桂的枝叶间,

我看见黑鸽子一双。

一只是太阳,

一只是月亮。

"小邻舍,"我对他们说,

"我的坟墓在何方?"

月亮说:"在我喉咙里。"

太阳说:"在我尾巴上。"

而我这个行人,

大地沾到我腰旁,

看见了两只云石的鹰,

和一个裸体的女郎。

两只鹰一模一样,

而她却谁都不像。

"小鹰儿,"我对他们说,

"我的坟墓在何方?"

月亮说:"在我喉咙里。"

太阳说:"在我尾巴上。"

在樱桃的枝叶间,

我看见裸体的鸽子一双。

它们都一模一样,

两个又谁都不像。

译自《杂诗歌集》

蔷薇小曲[1]

蔷薇
不寻找晨曦：
在肉体和梦的边缘，
她寻找别的东西。

蔷薇
不寻找科学和荫翳：
几乎是永恒地在枝上
她寻找别的东西。

蔷薇
不寻找蔷薇：
寂静地向天上，
她寻找别的东西！

译自《杂诗歌集》

注释：

1　"小曲"，原文是 Casida，是一种起源于阿拉伯或波斯的小诗形式，一般都是歌咏爱情的。

恋爱的风

有个苦味的根
有个千扇窗的世界。
最小的手也不能
把水的门儿打开。

哪里去？哪里去？哪里？
有千片平坛的天庭。
有苍白的蜜蜂的战斗。
还有一个苦味的根。

苦根。

苦痛的是脚底，
和脸面的里层。
苦痛在新砍伐的
夜的新鲜的树身。

恋爱啊，我的冤家，
我啃着你苦味的根！

译自《杂诗歌集》

小小的死亡之歌

月亮的垂死的草场,
和地下的血。
古旧的血的草场。

昨日和明日的光。
草的垂死的天。
沙的黑夜和亮光。

我遇到了死亡。
在垂死的草场上。
一个小小的死亡。

狗在屋顶上。
只有我的左手
抚摸过枯干的花的
无尽的山冈。

灰烬的大教堂。
沙的黑夜和亮光。

一个小小的死亡。

我，一个人，和一个死亡，
只是一个人，而她
是一个小小的死亡。

月亮的垂死的草场。
雪在呻吟而颤抖
在门的后方。

一个人，早已说过，有什么伎俩？
只有一个人和她。
草场，恋爱，沙和光。

译自《杂诗歌集》

呜咽

我关紧我的露台,
因为不愿听到呜咽,
但是从灰色的墙背后
听到的只有呜咽。

唱歌的天使不多,
吠叫的狗也没有几条,
一千只提琴也能抓在掌心:
可是呜咽是一个巨大的天使,
呜咽是一条巨大的狗,
呜咽是一只巨大的提琴,
风给眼泪勒住了,
我听到的只有呜咽。

译自《杂诗歌集》
诗及注释均据《洛尔伽诗钞》(作家出版社,1956年)
收录。其中《黎明》为施蛰存译,故删去

英国

勃莱克

野花歌

我踯躅在林中,
在青青的树叶间,
我听一朵野花,
唱着清歌一片。

"我睡在尘土中,
在沉寂的夜里,
我低诉我的恐惧,
我就感到了欣喜。

"在早晨我前去,
和晨光一般灿烂,
去找我的新快乐;
可是我遭逢了侮谩。"

梦乡

醒来，醒来，我的小孩！
你是你母亲唯一的欢快；
为什么你在微睡里啼泣？
醒来吧！你的爸爸看守你。

"哦，梦乡是什么乡邦？
什么是它的山，什么是它的江？
爸爸啊！我看见妈妈在那边，
在明丽水畔的百合花间。

"在绵羊群里，穿着白衣服，
她欣欣地跟她的汤麦踯躅。
我快活得啼哭，我鸽子般唏嘘；
哦！我几时再可以回去？"

好孩子，我也曾在快乐的水涯，
在梦乡里整夜地徘徊；
但远水虽平静而不寒，
我总不能渡到彼岸。

"爸爸,哦爸爸!我们到底干什么,
在这个疑惧之国?
梦乡是更美妙无双,
它在晨星的光芒之上。"

本辑据《新诗》1936 年 12 月第 3 期

道生

In Tempore Senectutis[1]

在我老来的时候,
悲愁地独自离去,
走入那黑暗的冥幽。
啊,我心灵的伴侣!
不要把彷徨者放在心怀,
只记得那能歌能爱,
又奔腾着热血的人儿,
在我老来的时候。

在我老来的时候,
一切旧时的情人,
已渐渐消归无有。
啊,我的心灵所希图!
你不要深深地怀念,
那逝去的芳年。
那时心儿相倚纵情多,

年岁却在无情地驰走。

在我老来的时候,
那头顶的繁星,
却变成残忍又灰幽。
啊,我仅有的爱人!
且让我从此长离,
你只要记住我俩的往年,
不要想如何消失了爱情,
在我老来的时候。

注释:
1 拉丁文,意为"在我老来的时候"。——编者注

烦怨

我并未忧愁，又何须哭泣，
我全身的记忆，今都消歇。

我看那河水更洁白而朦胧，
自朝至暮，我只守着它转动。

自朝至暮，我看着潇潇雨滴，
看它疲倦地轻敲窗槅。

世间的一切我曾作几度追求，
如今都已深厌，但我并未忧愁。

我只觉得她的秀眼与樱唇，
于我只是重重的阴影。

我终朝苦望她的饥肠，
未到黄昏，却早已遗忘。

但黄昏唤醒了忧思，我只能哭泣，
啊，我全身的记忆，怎能消歇！

残滓

火焰已消亡,它的残灰也已散尽,
这正是一切诗人最后的歌词。
金酒已饮残,只剩下些微余沥,
它苦如艾草,又辛如忧郁,
消失了健康与希望,为了爱情,
它们今儿和我已惨淡地分离
只有阴影相随,直到灭亡的时候,
它们也许是情人,也许是我们的朋友
我们坐着,用憔悴的眼光等候,
直等到那门儿闭上,又将幽幕放下,
这正是一切诗人最后的歌词。

比利时

魏尔哈仑

风车

风车在夕暮的深处很慢地转,
在一片悲哀而忧郁的长天上,
它转啊转,而酒渣色的翅膀,
是无限的悲哀,沉重,而又疲倦。

从黎明,它的胳膊,像哀告的臂,
伸直了又垂下去,现在你看看
它们又放下了,那边,在暗空间
和熄灭的自然底整片沉寂里。

冬天苦痛的阳光在村上睡眠,
浮云也疲于它们阴暗的旅行;
沿着收拾它们的影子的丛荆,
车辙行行向一个死灭的天边。

在土崖下面,几间桦木的小屋

十分可怜地团团围坐在那里；
一盏铜灯悬挂在天花板底下，
用火光渲染墙壁又渲染窗户。

而在浩漫平芜和朦胧空虚里，
这些很惨苦的破屋！它们看定
（用着它们破窗的可怜的眼睛）
老风车疲倦地转啊转，又寂灭。

穷人们

可怜的心脏有如此：
那里有眼泪的沼池，
好像墓园中的碑石
一样苍白。

可怜的肩背有如此：
苦难和重负肩上置，
比沙碛间赭色屋顶
更加吃劲。

可怜的手掌有如此：
和路上的落叶无差次，
像门边的树叶一样
又枯又黄。

可怜的眼睛有如此：
谦卑，罣虑而且仁慈，
比风暴中牲口的眼
更加凄然。

可怜的人们有如此：
有疲劳安命的姿势，
穷困扑住他们不放，
在大地一带平原上。

本辑据《诗创造》1947年8月1卷2期

瑞士

奥立佛

在林中

在林中,在林中,
有个声音飘动。
是否在流水蜿蜒处,
小鸟儿款语
　　　在林中?

在林中,在林中,
有个声音飘动。
是否在孔雀开屏处,
有个小女儿
　　　在林中?

在林中,在林中,
有个声音飘动。
是否个清醒的幽魂
在树荫下徘徊不定,

在林中?

在林中,在林中,
已无声息飘动。
只有那踽踽的沉静,
排着树木向前行,
　　在林中。

据《小说月报》1928年12月第19卷第7号

俄罗斯

普式金

夜

我的声音,对干你又颓唐,又欢喜,
搅扰了暗夜的沉寂。
一枝孤烛悲哀地在我旁边燃烧;
我的诗流动,消隐,音响如潮。
这些爱的溪流如此拥着你流,
在黑暗中,你的眼睛幻异地向我引诱,
它们向我微笑,我又听到您神圣的声音,
"朋友……温柔的朋友……我爱……我属于您
 ……属于您……"

夜莺

春天里,当安静的公园披上了夜网,
东方的夜莺徒然向玫瑰花歌唱:
玫瑰花没有答复,几小时的夜沉沉,
爱的颂歌不能把花后惊醒。
你的歌,诗人啊,也这样徒然地歌唱,
不能在冷冰冰的美人心里唤起欢乐哀伤,
她的绚丽震惊你,你的心充满了惊奇,
可是,她的心依然寒冷没有生机。

本辑据《新诗》1937年2月第5期,署名李文望

苏联

叶赛宁

母牛

很衰老,掉了牙齿,
角上是年岁的轮,
粗暴的牧人鞭策它
从一个牧场牵它到另一牧场。

它的心对于呼叱的声音毫无感动,
土鼠在一隅爬着
可是它却凄然缅想
那白蹄的小牛。

人们没有把孩子剩给母亲,
它没有享受到第一次的欢乐。
在赤杨下的一根杆子上,
风飘荡着它的皮。

而不久在裸麦田中,

它将有和它的儿子同样的命运,
人们将用绳子套在颈上
牵它到宰牛场中去。

可怜地,悲哀地,凄惨地,
角将没到泥土中去……
它梦着白色的丛林
和肥美的牧场。

启程

啊,我的有耐心的母亲啊,
明天早点唤醒我,
我将上路到山后面
去欢迎那客人。

我今天在林中草地
看见了巨大的轮迹,
在密集着云的森林中
风披拂着它的金马衣。

明天黎明它将疾驰而过,
把月帽压到林梢,
而在平原上,牝马玩着,
挥动它红色的尾巴。

明天,早点唤醒我,
在我们的房内点亮了灯:
别人说我不久将成为
一位著名的俄罗斯诗人。

那时我将歌唱你,以及客人,
以及火炉,雄鸡和屋子,
而在我的歌中将流着
你的赭色的母牛的乳。

我离开了家园

我离开了家园,
我抛下了青色的俄罗斯。
像三颗火星一般,池上的赤杨
燃烧着我的老母的悲哀。

像一只金蛇似地,
月亮躺在静水上;
像林檎花一般地,
白毛散播在父亲的须上。

我不会那么早地回来,
疾风将长久地歌唱着,响鸣,
唯有一只脚的老枫树,
守着青色的俄罗斯吧!

我知道它里面有快乐
给那些吻树叶的雨的人们,
因为这棵老枫树,
它的头是像我的。

安息祈祷

一

吹角吧,吹角吧,灭亡的号角!
在道路的磨光了的腰上,
我们怎样再生活呢,怎样再生活呢?
你们,这些狗虱的爱好者,
你们不愿意吮阉马的奶吗?

不要再夸你们的卑微的臭嘴了
好好歹歹,只要知道,就拿去!
当夕阳激怒的时候
将用血色的霞光之帚
鞭你们的肥臀。
冰霜不久将把这小村和这些平原
用石灰一般地涂白。
你们什么地方都逃不掉灭亡。
你们什么地方都逃不掉敌人。
就是他,就是他,挺着他的铁肚子
他向山谷口伸出他的五指。

老旧的磨坊动着耳朵,
磨尖着它的面粉的香味,
而在院子里,那脑髓已流到
自己的小牛中去了的沉默的牛,
在把它的舌头在槽上拂拭着时,
嗅出了在平原上的不幸。

二
啊!可不是为了这个
村后的口琴才那么悲哀地奏着?
它的哒——啦啦啦——底哩哩公
悬绕在窗子的白色的搁板上。

可不是为了这个,黄色的秋风
才在青天上抹动着,
才像刷发似地
捋下枫叶!

他在那里,他在那里,这可怕的信使,
他用他沉重的脚步蹂躏花丛。

永远越来越强的，歌声惨奏着，
在青蛙的叫声下面，在稻草中。

哦！电的晨曦，
皮带和导管沉闷的战斗，
那儿屋子的木肚子
挥着钢铁的狂热。

三

你有没有看见，在莽原中，
在湖沼的雾中，那用铁的鼻腔
打着鼾的大火车，
是如何地跑着？

而在它后面，在肥美的草上，
好像在一个绝望的赛跑中似的，
把小小的脚一直举到头边，
那红鬣的小马是如何地奔着？

可是亲爱的，亲爱的可笑的傻子，

它向何处跑着啊,它向何处跑啊?
它难道不晓得那钢铁的骑兵
已征服了活的马吗?

它难道不晓得在那没有光的田野上,
它的奔驰已不复会使人想起
贝岂乃克用他莽原中的两个美妇
去交换一匹马的时候了吗?

定命已经用惊人的方法,
把我们的市场重染过。
而现在人们是拿一千"布特"[1]马皮
去买一辆机管车了。

四

坏客人,魔鬼带了你去吧!
我们的歌不能和你一起生存。
当我还是小孩的时候,
我为什么不把你像水桶似地溺在井里!

他们是只配在那里，望着，
并用白铁的吻涂自己的嘴，——
只有我应该像圣歌的歌者似的
唱着对于故乡的赞美歌。

为了这个，在九月中，
在干燥而寒冷的泥土上，
树头撞着篱笆，
山梨才披满了果实。

为了这个，那些染着
稻草的气味的农民们
才喝着烈酒
互相叉住喉咙。

注释：
1　俄国衡量名，合十六公斤三十八公两。——编者注

最后的弥撒

我是最后的田园诗人,
在我的歌中,木桥是卑微的。
我参与着挥着香炉的
赤杨的最后的弥撒。

脂蜡的大蜡烛
将发着金焰烧尽,
而月的木钟,
将喘出了我的十二时。

在青色的阡陌间
铁的生容不久要经过,
一只铁腕行将收拾了
黎明所播的麦穗。

陌生而无感觉的手掌,
这些歌是不能和你一起存在的
只有那些麦穗马
会怅惜他们的主人。

微风将舞着丧舞
而吸收了它们的嘶声。
不久,不久,那木钟
将喘出我的十二时。

如果你饥饿

如果你饥饿,你会饱的,
不幸的人,你会愉快而满意;
可是不要望着那张开的眼睛
我世上的陌生的弟兄啊。

我做了我所想过的事,
可是啊,那总是一般无二;
我的躯体无疑是太习惯于
感到寒冷,太习惯于战栗。

没有关系,别的人多着呢……
我不是世上唯一的活人;
那生着没有嘴唇的老头的街灯,
一会儿眯眼睛,一会儿笑。

唯有在我的旧衣衫下面的心
对升到苍穹上去的我低语;
"我的朋友,那张开的眼睛,
只有死亡能合上它们!"

本辑据《新诗》1937 年 4 月第 7 期,署名艾昂甫

图书在版编目(CIP)数据

戴望舒译作选 / 戴望舒译；宋炳辉编. —北京：商务印书馆，2019
（故译新编）
ISBN 978-7-100-17530-2

Ⅰ. ①戴… Ⅱ. ①戴… ②宋… Ⅲ. ①戴望舒（1905-1950）—译文—文集 Ⅳ. ①I11

中国版本图书馆 CIP 数据核字（2019）第 103560 号

权利保留，侵权必究。

故译新编

戴望舒译作选

戴望舒　译
宋炳辉　编

商 务 印 书 馆 出 版
（北京王府井大街36号　邮政编码100710）
商 务 印 书 馆 发 行
上海雅昌艺术印刷有限公司印刷
ISBN　978-7-100-17530-2

2019年8月第1版	开本 787×1092　1/32
2019年8月第1次印刷	印张 12⅛

定价：58.00元